COLLECTION FOLIO

Belinda Cannone est romancière et essayiste. Elle a notamment publié *L'écriture du désir* (Prix de l'essai de l'Académie française 2001), *Le sentiment d'imposture* (Grand Prix de l'essai de la Société des gens de lettres 2005), *La tentation de Pénélope* (Stock, 2010 ; Pocket, 2019), *Le baiser peut-être* (Alma, 2011), *Le goût du baiser* (Le Mercure de France, 2013), *Nu intérieur* (Éditions de l'Olivier, 2015). Plus récemment, sont parus chez Stock *S'émerveiller*, en 2017, et *Le nouveau nom de l'amour*, en 2020.

Lisez ou relisez les livres de Belinda Cannone en Folio :

LE SENTIMENT D'IMPOSTURE (Folio essais n° 515)

L'ÉCRITURE DU DÉSIR (Folio essais n° 566)

PETIT ÉLOGE DU DÉSIR (Folio 2€ n° 5634)

AMOUR TOUJOURS ? (Collectif) (Folio essais n° 583)

« Ce qui est bon est léger. Tout ce qui est divin marche d'un pied délicat. »

Friedrich NIETZSCHE,
Le cas Wagner

Prélude

Toi, Tu, Autre, mes autres. Prééminence d'autrui dans mon existence. Rien ne m'intéresse plus, pour me tenir debout sur la terre, que toi, mon autre. J'écris pour te comprendre et te rejoindre, t'atteindre, j'aime pour t'étreindre et me lover dans ton *embrassement*, je danse le tango pour inventer une œuvre éphémère avec toi. Le reste a assez peu d'importance. *Toi, Tu*. Ton altérité n'est presque jamais une *étrangèreté* : tu es mon proche même quand tu me surprends, quand je ne sais pas lire en toi, autre mais non étranger, toujours tu me captives car ta présence, ta réelle présence ne saurait me laisser indemne.

Animaux grégaires, pleins d'amour et de colère, formant société et de diverses manières reliés, nous sommes en relation — nous sommes relation. Cette perspective organise la plupart de mes réflexions. Par exemple, il me paraît impossible d'aborder aujourd'hui la question du féminisme sans placer en clé musicale de la pensée la question du désir que nous avons des hommes, d'une vie bonne avec eux, et non contre eux ou sans eux. Refusant d'adopter un point de vue identitariste, j'affirme que nous ne pouvons pas définir les femmes par une *essence* (le féminin) mais seulement dans le cadre changeant de relations multiples, et en premier lieu celles qui nous lient aux hommes.

Ou encore, si nous voulons comprendre le sentiment de l'émerveillement, nous devons réaffirmer notre lien avec la nature et le cosmos : nous ne sommes pas séparés, moi faisant face à non-moi, mais au contraire dans une relation intime, moi au creux de non-moi, tissé de la même étoffe, non séparé mais inclus et, par mille fils secrets, relié.

Non séparé : lorsque je croise autrui, cet inconnu sur la piste de danse, ou encore ce migrant silencieux qui sonne à nos portes, malgré la distance physique ou culturelle, il s'impose à moi, par son corps et son visage, son corps-esprit qui m'atteint au cœur et infléchit ma pensée : l'autre existe pour moi dans sa réelle présence car, que je le veuille ou non — entendez bien : que je le veuille ou non —, nous sommes en relation.

C'est pourquoi je vais, dans ce *Petit Éloge*, suivre précisément et en détail le fil joyeux d'une danse pour parler de la relation. Car le tango se présente comme une *mise en danse de la relation* : d'une extrême sophistication, il est cependant fondé sur l'improvisation qui exige une connexion extrême entre les danseurs. Se connecter et improviser : n'est-ce pas le programme de l'existence même ? On ne trouvera donc pas ici de longs développements sur l'histoire, la musique, les chansons ou la géographie du tango. Ma grande affaire est toujours la même : comment vivre ? Je n'explore jamais d'autre question que celle de l'existence bonne. Or on ne peut penser notre présence au monde sans y introduire la notion de relation — et ce d'autant plus dans cette période caractérisée par le développement de fantasmes identitaires puissants qui poussent à l'exaltation d'un moi aussi étroit que chimérique. Parce qu'il est une danse de la relation, le tango sera donc aussi envisagé comme une métaphore. Car la danse me paraît toujours plus vaste qu'elle-même : une manière de vivre et de penser — un horizon, qui peut intéresser tout un chacun, danseur ou pas.

« *Entrez, les dieux sont là, ici aussi*, avait dit Héraclite d'Éphèse aux personnes qui l'avaient trouvé en train de se chauffer dans sa cuisine[1]. » C'est ainsi que Jorge Luis Borges imagine l'instant où le jeune Evaristo Carriego comprit que l'immensité et la profusion de l'univers étaient aussi là, dans la cuisine, c'est-à-dire dans la simplicité du moment présent. Cela se passait à Buenos Aires dans le quartier mal famé de Palermo — et cette compréhension fit de Carriego un poète. De même ce grand sujet de la relation peut-il être appréhendé à partir d'une simple danse, le tango.

Danser sa vie

> « On ne peut exclure la *danse*, sous toutes ses formes, d'une *éducation raffinée* : savoir danser avec ses pieds, avec les idées, avec les mots. Est-il encore besoin de dire que l'on doit aussi savoir danser avec sa *plume* [...] ? »
>
> Friedrich NIETZSCHE,
> *Crépuscule des idoles*[1]

Salle rouge et velours, musique. Le pied glisse sur le sol, esquisse pour lui-même le début d'une figure, impatient. Image d'une cavale dont les sabots raclent la terre, naseaux frémissants, échine et flancs frissonnants, crinière secouée. Parfois, dans le bal, je m'imagine un devenir-pouliche.

Il arrive pourtant que j'aille danser sans conviction, parce que j'en ai le temps et l'occasion, mais j'aurais pu ne pas. Puis j'entre dans l'embrassement du tango et à l'intensité de ma joie je sais que j'ai eu raison de venir.

À quoi bon danser ? me dis-je quelquefois. Mais à quoi bon vivre ?

Longtemps j'ai pensé que la vie était absurde. Je me la représentais par une image tirée d'un Marvel lu dans mon enfance, celle du « Surfeur d'argent », voyageur taciturne qui glissait dans l'espace interstellaire, seul et figurant l'exil. Mais si la vie était absurde, pourquoi l'aimer tant ? Un jour j'ai compris que l'image était fausse — non ressemblante. Nous ne glissons pas entre les étoiles, nous marchons, un pied se levant après l'autre, le corps toujours en déséquilibre mais jamais ne tombant, et cet élan qui nous fait avancer est la raison même de notre joie d'exister. Il m'est apparu qu'interroger le sens de la vie était une mauvaise question, suscitée par la mélancolie et n'appelant aucune réponse : ne s'évanouit-elle pas aussitôt que la joie s'impose en soi ? Qui, au moment où il éprouve le vif désir d'aimer, de danser ou de travailler, se demanderait « À quoi bon vivre ? ». Vivons, et tant et plus, se dit-il simplement. Le sens de la vie tient tout entier dans le désir de vivre, qui entraîne la joie. Reconnaître la primauté du désir fut ma première conversion philosophique.

Marcher donc. J'aime cela. Je marche quand je le peux dans la montagne ou la campagne, beaucoup dans la ville. Effort lent, régulier, mes pas me conduisent vers un but, ils animent mon corps qui apprécie la dépense et ils activent ma conscience d'être vivante — j'allais écrire d'être *humaine*.

Au cours des années 2000, il m'a semblé que l'image du marcheur était certes plus dynamique que celle du surfeur mais, empesée par l'idée d'effort, elle échouait à restituer assez la joie. Après la glisse puis la marche, c'était un mouvement plus virevoltant, plus gracieux qui devait faire emblème. Bien sûr ! Ne le savais-je pas de longue date ? Il fallait vivre en dansant. Autant que faire se peut. Devenir aérienne sans quitter le sol. Danser sa vie, danser sa pensée, danser l'amour. C'était cela être humaine. Deuxième conversion.

Lorsque dans la milonga (ainsi nomme-t-on le bal de tango) les danseurs se rejoignent sur le parquet, leurs bras se lèvent doucement et ils s'enlacent — ils se prennent dans les bras, ils *s'embrassent*, étymologiquement. D'où le terme argentin, adopté par les Français : l'*abrazo*. La main gauche de la femme se place sur le haut du bras de l'homme ou sur son omoplate, ou bien encore passe par-dessus son épaule, tandis que celui-ci, glissant sa main droite par en dessous, la pose sur le dos de sa partenaire. De l'autre côté, leurs mains se tiennent en l'air, paume contre paume.

Dès qu'on entre dans l'*abrazo*, on devine, à son corps, sa tenue, sa prise, on devine quelque chose de son partenaire.

Après les premières mesures — jamais tout de suite —, commence l'air à danser. Bien que je l'aie entendu dire mille fois, je n'en ai été frappée que tardivement : le tango est une *marche*. Savoir le danser, c'est savoir marcher, et on dit que pour y parvenir il faut dix ans. J'ai donc découvert que pour danser ma vie j'avais choisi, entre toutes, la danse qui se définit comme une marche — parfaite continuité de mon mouvement intérieur.

Dix ans pour apprendre à marcher, ricane en

nous l'ex-enfant qui au bout d'un an ou deux pouvait déjà gambader. Ah ! mais c'est qu'il faut, pour une femme, marcher en arrière (et souvent sur des talons aiguilles), ce qu'on ne fait jamais dans la vie. Quant à l'homme, il va certes en avant mais doit guider le déplacement dans la salle et les ornements chorégraphiques qui interrompent la marche — considérable responsabilité.

Je me souviens des débuts : les professeurs me demandaient de marcher, seule, m'expliquant comment lancer la jambe, cette jambe du tango qui commence à la taille, quelle partie du pied poser, quelle torsion donner à la cheville… « Regarde, comme ça, et garde l'axe surtout. » Je les observais, admirant leur souplesse dansante. Comment attraper la grâce ? Il n'y a pas si longtemps que je me sens danser quand je danse : pendant des années je faisais simplement les mouvements. Quant à la grâce…

Garder l'axe. Le plus difficile. J'avance — c'est-à-dire que je recule —, vais de côté, tourne, change l'oblique de mon corps, à chaque pas essayant d'être le plus stable possible car j'ignore dans quelle direction m'entraînera mon partenaire au pas suivant — j'y ai toujours vu une métaphore de la vie désirable, la vie haute, celle qui contient tant de possibilités de renouvellement que je ne peux anticiper où elle me conduira de jour en jour. Et à chaque instant, cervicales étirées, je vise une idéale verticalité.

Pieds au sol, tête aux étoiles, debout sur la terre et avançant : c'était déjà tout mon programme existentiel, longtemps avant la découverte du tango.

L'étonnement ne me quittera jamais tout à fait qui m'étreint, fugitivement mais souvent, dans la milonga : je danse, comme c'est étrange, comme cela n'a pas de sens, j'aurais pu faire tant d'autres choses en ce moment (surtout travailler), pourquoi être venue jusqu'ici tourner en rond sur la piste ? À cela je ne puis répondre que par l'immense sourire de joie qui s'impose à mes lèvres. À quoi bon vivre ?

Le *symbolon*

Je n'ai jamais rien pensé qui n'eût pour clé de voûte la question de la relation. Mon éducation tout entière a été fondée sur l'idée de mon étroite inclusion dans la communauté humaine, associée à celle de la planète comme maison commune, de sorte que mes goûts et mes intérêts ont toujours été liés au fait d'être en relation — aimer, étreindre, transmettre, s'adresser, admirer, aider, danser.

Ce n'est pas là une idée abstraite. Au-delà de l'évidence générale que nous sommes des êtres sociaux, construisant des sociétés et voués à vivre ensemble, nous penser « en relation » est une manière d'envisager le sujet lui-même, qui détermine notre réponse à la question « Qui suis-je ? ». Parce que Je est en relation — avec des hommes, des étudiants, des femmes, des migrants, des amoureux, des lecteurs, avec sa famille, ses amis, ses voisins, mais aussi avec les étoiles, les arbres et les animaux… liste absurde, par nature interminable —, dans chacune de ces interactions, Je présente une facette différente de lui-même. C'est pourquoi, par exemple, « être une femme » n'a pas constamment la même intensité ni la même signification : devant ma mère cette facette de moi-même a des implications et des échos particuliers, devant mes étudiants elle n'a quasiment aucune importance, alors que devant mon amant elle est centrale, pour lui comme pour moi. Ce qu'est Je varie selon l'interaction dans laquelle Je est pris, au point qu'on peut affirmer que le « sentiment de soi », fondé pour partie sur la continuité constituée par ma fréquentation de moi-même (mon « identité narrative », dit Ricœur[1]), recouvre des réalités éphémères et changeantes.

Je est la moitié d'un *symbolon* : chez les Grecs, ce terme désignait un objet coupé en deux que l'hôte et l'invité se partageaient et emportaient pour, plus tard, se reconnaître et reconnaître les relations d'hospitalité qui avaient existé entre eux. Je et autrui forment un *symbolon* complet. Ils ont toujours déjà entretenu un rapport d'hospitalité puisque naître au monde, c'est d'emblée être accueilli dans la communauté des humains qui nous entourent, et par la suite exister revient à entretenir continûment un lien d'accueil (invité-invitant) avec autrui. Il est beau et singulier que la langue française propose un unique vocable pour désigner l'agent et le bénéficiaire : *hôte* exprime la réversibilité des postures inscrite dans la nature de l'homme.

L'autre me fait face. Il n'est pas *tout autre* mais *autrui*, différent mais non étranger. Car je sais qu'il est comme moi corps-esprit — corps spirituel et esprit incarné —, et à ce titre, ce que je me souhaite, je le lui souhaite. Liberté, amour, sécurité. Je peux l'accueillir dans l'*abrazo* du tango, lui tendre la main pour passer un gué, le considérer. Il peut me donner beaucoup. Sans lui, la plupart des activités m'indiffèrent. Et même lorsque j'écris, repliée dans la solitude de mon bureau, devant mon chêne ou devant les ailes du moulin de la Galette, c'est encore lui qui m'occupe, lui à qui je m'adresse, avec qui je dialogue silencieusement. Quand j'invente une forme, une histoire, c'est pour mieux être entendue de lui dont je ne cesse de parler.

Parce que nous sommes dans cet embrassement, deviennent mon proche, outre mes proches, le Pakistanais qui vend des breloques, la Rom qui mendie sur sa couverture, le danseur qui m'enlace, le vieillard malade, l'amie qui s'égare, l'enfant timide et le voisin acariâtre. Parfois mon proche, parfois mon vis-à-vis, d'autres fois mon intime. Mais toujours nous sommes reliés.

La question de l'hospitalité, omniprésente dans la Grèce antique et sans doute dans l'humanité tout entière depuis qu'elle est humaine, s'est effacée de nos préoccupations. Elle a disparu discrètement, sous le double coup de boutoir de l'organisation de l'État, auquel on a remis la charge des différentes formes d'accueil (hospices ou hôpitaux), et de la réduction du cercle des proches — dont témoignent nos appartements, devenus exigus puisque réservés exclusivement à la famille nucléaire. Si l'hospitalité est une préoccupation secondaire depuis le XVIIe siècle, à l'heure des flux planétaires elle redevient centrale.

L'hospitalité inconditionnelle, qui consiste à ne pas exiger de l'hôte qu'il décline son identité, qu'il dise d'où il vient ou qu'il garantisse la réciprocité, existe dans toutes les sociétés primitives car elle est fondée sur le fait que chacun peut à son tour être jeté sur les routes et avoir besoin d'un asile. Une de ses plus belles illustrations littéraires se trouve dans *Les Misérables*, lorsque Jean Valjean, ayant été chassé de toutes les auberges et maisons de la petite ville où il voudrait passer la nuit, se présente dans celle de l'évêque Bienvenu dont il ignore le nom et le statut. Ayant jusqu'à présent vainement caché son passé de bagnard, cette fois, sitôt entré, il se lance dans une longue présentation : « Je m'appelle Jean Valjean. Je suis un galérien. J'ai passé dix-neuf ans au bagne. » Suivent tous les détails de son voyage qui s'achèvent par la question « Voulez-vous que je reste ? ». À quoi l'évêque répond indirectement par cet ordre à sa servante : « Madame Magloire, [...] vous mettrez un couvert de plus. » Jean Valjean ne comprend pas, il reprend la litanie de sa honte : « Avez-vous entendu ? Je suis un galérien. Un forçat. » Et l'évêque de répondre à nouveau sans répondre, en demandant à Mme Magloire de mettre des draps blancs au lit de l'alcôve. Enfin il s'adresse à lui pour l'inviter, « Monsieur, asseyez-vous et chauffez-vous », ce qui stupéfie Jean Valjean : *Monsieur*, et pas de tutoiement[2] ?

La beauté foudroyante de la scène tient au contraste entre le flot de paroles du bagnard, éperdu — il ne croit plus vraiment qu'il puisse être accueilli —, et le laconisme de l'évêque qui, ne posant aucune question, répond par des actes. Il ne ferme jamais la porte de sa maison ; qu'on entre, on sera reçu.

Jean Valjean partira dans la nuit avec les quelques cuillères d'argent qui constituent toute la richesse de la maisonnée. Dans son étymologie latine (*hostis*), l'hôte désigne aussi l'étranger hostile, l'ennemi. Celui qui vient, qui s'installe, peut représenter une menace pour ma tranquillité, une intrusion qui risque de déranger l'ordre dans lequel je me plais. N'est-ce pas ce qui nous affole aujourd'hui face aux flux migratoires ? L'hôte est potentiellement dérangeant, voire dangereux, comme l'est autrui en général — s'il représente parfois mon plus cher désir, sa survenue peut aussi m'inquiéter : l'inconnu qui s'adresse à moi dans la rue, qui frappe à ma porte, que me veut-il ? Et même toi que je connais, ta demande, ton attente peuvent être importunes. La tension, mauvaise ou bonne (l'amour est une tension), est le régime de ma relation avec autrui.

Ainsi, si je suis quelquefois invitante, je n'oublie pourtant pas que je suis invitée potentielle : même s'il me semble peu probable que je devienne à mon tour l'exilée, cette possibilité fait partie de la condition humaine. Mais mon devoir d'hospitalité inconditionnelle se heurte à mon désir que ne soit pas bousculé l'ordre que j'ai construit (que la société a construit autour de moi, avec ses règles et son confort). L'hospitalité concrète ne peut donc être que conditionnelle, elle engage une politique, des considérations économiques — tout se complique.

Encore ceci, pour la beauté : Jean Valjean est donc parti avec les cuillères. Au matin il est ramené chez l'évêque par les gendarmes qui n'ont pas cru que l'argenterie pût lui appartenir. Mgr Bienvenu prend tout de suite la parole : « Ah ! vous voilà ! s'écria-t-il en regardant Jean Valjean. Je suis aise de vous voir. Eh bien mais ! je vous avais donné les chandeliers aussi, qui sont en argent comme le reste et dont vous pourrez bien avoir deux cents francs. Pourquoi ne les avez-vous pas emportés avec vos couverts[3] ? »

Après quoi Jean Valjean ne sera plus le même homme : « Si désormais il n'était pas le meilleur des hommes il en serait le pire, [...] il fallait pour ainsi dire que maintenant il montât plus haut que l'évêque ou retombât plus bas que le galérien [...][4]. » Violence de la bonté qui vient d'écrire sa destinée.

Accueillir l'autre, donc, en être accueilli. Même dans la solitude, que j'aime si passionnément, autrui jamais ne me quitte. Il est parfois une personne concrète, à proximité ou promesse de retrouvailles ; d'autres fois un habitant de ce monde, auquel je pense ; ou encore mon lecteur pour qui j'écris dans le désir de faire exister un terrain d'entente — autrui est là même en son absence, il me constitue.

Pourtant, quelquefois sa présence concrète fait défaut. Dans l'existence quotidienne, au fil des jours, je sais qu'en dépit de cette vérité fondamentale de notre condition qui fait de chacun de nous la moitié d'un *symbolon*, ou plutôt à cause d'elle, il arrive que je me sente seule, séparée, vaguement dissemblable. Car il ne suffit pas que l'autre soit mon semblable, encore veux-je qu'il soit mon proche, que nous éprouvions notre contact, que nous existions dans notre regard mutuel et notre embrassement.

C'est ce désir de la présence effective d'autrui qui explique diverses pratiques destinées à matérialiser l'ajustement des deux moitiés du *symbolon* — comme la danse.

L'*abrazo*

Entrer dans l'*abrazo* — moment extraordinaire.

L'*abrazo* est le geste de prendre l'autre dans ses bras et, soit de le tenir à une relative distance (*abrazo* ouvert), soit de le serrer contre son buste (*abrazo* fermé). Bien qu'elle s'apprenne et se travaille, c'est la part la moins technique du tango et pourtant elle est décisive. Car la manière dont on accueille l'autre contre soi relève autant d'une disposition intime, préexistant à la danse, que de la technicité. Ainsi peut-on danser assez mal et avoir un *abrazo* délicieux.

Dans la vie de tous les jours, avec les inconnus, et même avec la plupart des connus, on ne franchit jamais un certain espace qui maintient nos corps à distance. Pas touche. Dans le métro — les femmes connaissent bien cela —, sentir un corps collé au sien fait violence. Partout, sans avoir besoin de le calculer (on l'apprend au biberon de la culture), on sait exactement dans quelle proximité ou quel éloignement se tenir*. Seul moment

* Je ne parlerai pas du virus qui nous a tenus anormalement

où les corps s'accolent : l'étreinte charnelle. Alors, transgressant les barrières habituelles, les amants entrent dans l'intime et ce mouvement, avant tout geste, cet aller au-delà (*trans/gradi*) est en lui-même un événement. Parce que tu me plais, je me plaque à ton corps et m'y love.

On note d'ailleurs que lorsqu'il apparut pour la première fois dans la danse, le geste de l'embrassement fut une petite révolution. Dans les danses anciennes, gavotte ou menuet par exemple, on se tenait toujours à distance, face à face ou en ligne, et souvent en groupe. Soudain, au XIXe siècle, avec la valse, on se prend *dans les bras*. Cette possibilité de se montrer enlacés témoigne d'une profonde modification dans les pratiques corporelles publiques. Mais la posture, dans la valse, est encore un peu compassée : avec le tango, la proximité physique devient extrême, permettant le guidage et l'improvisation.

Certains ont dès le début un *abrazo* agréable. Ils ne savent pas encore danser mais ils savent étreindre. La façon d'accueillir un autre corps, de craindre ou d'aimer l'embrassement, révèle une forme de bienveillance charnelle et, au-delà de la sensualité, elle indique confusément une qualité de relation avec les frères et sœurs humains en général — une hospitalité. C'est pourquoi, dès qu'on entre dans l'*abrazo*, on a souvent l'intuition, même si elle est globale et imprécise, de qui se trouve en face de soi.

éloignés les uns des autres — et nous a empêchés de danser — car j'espère que cette parenthèse sera refermée et la joie des embrassements retrouvée quand ce *Petit Éloge* paraîtra.

Dans la milonga, une jolie précaution du rituel permet à l'acquiescement d'être signifié à distance, évitant la demande importune comme le refus brutal : un regard s'échange à travers la salle (*mirada*), suivi d'un petit mouvement de la tête (*cabeceo*) qui signifie « Oui, je veux bien, dansons ensemble ». Nous nous avançons et nos bustes se rapprochent. Parfois ils restent d'abord à distance — pour l'instant, pour l'instant, mais tout à l'heure, si ça marche entre nous, si nous marchons bien ensemble, nous ajusterons nos poitrines. Ici se noue un grand mystère : tu ne me plais pas, du moins je ne souhaite rien de plus que ce tango avec toi, tu sues car il fait presque toujours trop chaud et tu as parfois la sottise de porter des chemises synthétiques, tu ne sens pas toujours bon — écoutez, j'exagère un peu mais c'est pour mieux souligner le mystère : cette proximité, sans pareille hors l'étreinte d'Éros, me convient et même, souvent, me ravit, alors même qu'elle ne s'accompagne d'aucun désir autre que celui de danser — j'y reviendrai*.

* On me permettra une fantaisie qui n'est pas sans lien avec mon sujet. Puisqu'il s'agit ici d'explorer certains embrassements, j'ai décidé d'ouvrir régulièrement dans mon texte une sorte d'« *abrazo* littéraire » : je vais donner la parole à Marc, tanguero que je retrouve très souvent dans les milongas, accompagné de sa femme, Sophia. Marc est un excellent danseur et je lui ai demandé d'intervenir au fil de mon discours, proposant son point de vue masculin (et avisé). On trouvera donc à partir d'ici dix-sept « Notes du danseur », introduites par [NDD].

[NDD : L'ajustement se fait tout seul. Lorsque j'invite une danseuse avec qui je n'ai jamais dansé, je la laisse s'installer à la distance qui lui convient. Certaines ont besoin d'un temps

Le tango est non seulement une marche mais encore une marche à deux. Avant de commencer à apprendre, lorsque je regardais des danseurs en admirant leur complicité parfaite — leurs pas en exact miroir, l'enchaînement très naturel des figures —, je croyais qu'ils s'étaient exercés et qu'après avoir répété ils réalisaient une chorégraphie préconçue. Quand j'ai découvert qu'ils improvisaient, j'en ai été éblouie. Quel degré d'écoute mutuelle, quelle intelligence du corps de l'autre sont nécessaires au tango ! De l'extérieur, on ne devine pas les cent petits signes par lesquels le danseur guide sa partenaire : pressions diverses de la main droite sur le dos, mouvements légers de la gauche, écarts variés du corps, du buste, modifications de la position des bras et des

---

d'adaptation à chaque proximité nouvelle, d'autres viennent se lover intimement, comme savent le faire les Argentines. Après le premier des quatre tangos, en général la distance idéale est trouvée, à la faveur d'un tour ou de quelques *ochos*, souvent. La distance idéale ? Celle où les deux sont à l'aise, à la fois pour s'unir et pour bouger.

Il est rare que j'invite, sauf par urbanité, une danseuse que je n'ai pas envie d'avoir dans les bras. L'inspiration, et donc la qualité ressentie de la danse, naît de l'envie d'offrir un plaisir qui, souligné par la danseuse, alimente à son tour la créativité. Le couple opère alors selon le précieux principe du turbocompresseur, où la production de plaisir, réinjectée dans la danse, renforce l'inventivité.

Cette étreinte peut s'accompagner d'autres plaisirs que celui de danser. Celui d'avoir été élu, lors de la *mirada*, ou accepté, lors de l'invitation. Celui de donner et de recevoir. Celui de découvrir contre soi un corps nouveau, peut-être désirable, en tout cas accessible le temps d'une danse. Celui d'imaginer ce qu'on veut, après tout, lorsqu'une étreinte se fait plus serrée, un abandon plus sensible, une respiration plus proche.]

épaules, mouvements des pieds perçus — perçus comment ? Impossible de danser sans une saisie globale et à distance du corps de l'autre. Un des exercices consiste d'ailleurs à se faire face sans se toucher et, à travers les mouvements imperceptibles du tanguero, à deviner ses pas pour les suivre. Parfois j'ai l'impression de percevoir sa pure intention, quand elle n'est encore que mentale. Cette extrême vigilance, qui à la longue devient légère et comme naturelle, nous *relie* intimement. Et n'est-ce pas ce qu'on vient chercher, aussi, dans la milonga, cette connivence si étroite et si belle qu'elle déjoue, le temps d'un bal, la mélancolie de notre condition d'êtres charnels séparés* ?

On ne choisit pas n'importe quelle danse, au hasard, pour le plaisir de mouvoir son corps. Dans les écoles, on peut aussi apprendre le flamenco par exemple. Élégance, verticalité, jeu à la fois intériorisé et sensuel. Les deux partenaires dansent tantôt l'un pour l'autre, tantôt face au public, ils se séduisent mais surtout séduisent ceux qui les regardent — le spectacle est leur principal objectif. Ça ne se passe pas qu'entre eux et d'ailleurs chacun peut aussi être seul en scène. Ils ne murmurent pas à l'autre « Sens ! » ou « Devine ! » mais au public « Regarde ! ». Discours du corps adressé aux yeux, danse faite autant pour être vue que

* [NDD : De l'extérieur, on ne devine pas non plus les degrés d'intimité que peuvent gravir les danseurs en douze minutes. Une pression de main, le frottement plus appuyé d'une poitrine, un glissement plus profond d'une joue sur l'autre restent à jamais invisibles à tout tiers.]

sentie. Je n'ai jamais été tentée par le flamenco. Ce qui m'intéresse : fabriquer cette chose à deux, un bel embrassement, comme un secret partagé.

Anecdote révélatrice : un jour on m'a proposé, lors d'une manifestation littéraire, de venir avec un tanguero pour faire une brève démonstration. J'ai hésité : l'un de mes meilleurs cavaliers pratique un tango sans fioritures, sobre. Mais seuls les initiés peuvent vraiment percevoir sa valeur. De l'extérieur, rien ne paraît qu'une fluidité, une suavité particulières, dépourvues de spectaculaire. Un danseur plus démonstratif eût peut-être mieux séduit le public profane. En hommage et fidélité secrète au tango, j'ai choisi le grand danseur*.

Le bal obéit à une construction précise. D'abord parce qu'il existe trois variétés de musique de tango aux rythmes très différents : la valse (à trois temps), le tango lui-même et la milonga (outre que ce mot désigne le bal, il renvoie aussi à un morceau à la cadence rapide, un peu « africain »). La succession de trois à cinq morceaux du même rythme constitue une *tanda* (une série). Le DJ, qui choisit la musique, se tient plus ou moins à un ordre rituel : généralement, il passera deux *tandas* de tangos, puis une *tanda* constituée de trois valses, à nouveau deux *tandas* de tangos, puis une *tanda* de trois milongas (2T + 1V + 2T + 1M). Et ça repart. Chaque *tanda* se termine par un interlude, la *cortina*, composé d'une musique qui n'est pas du tango et qui marque le moment

* [NDD : Excellent choix !] L'anecdote concerne en effet... Marc lui-même.

où l'on se quitte pour choisir un nouveau partenaire. Avant la *cortina*, interdiction de lâcher son danseur, le faire serait une réelle offense. Quand la connexion ne va pas, on prend son mal en patience car on sait qu'on n'en a que pour quatre fois trois minutes. Et si c'est délicieux, on pourra se retrouver un peu plus tard.

Cortina signifie rideau — celui qu'au théâtre on laisse tomber entre les actes. Outre le changement de partenaire, la *cortina* a eu différentes fonctions, dont celle de faciliter le service de restauration. Aujourd'hui elle permet surtout un moment de sociabilité pendant lequel on peut parler (jamais quand on danse !). Dans ce *Petit Éloge*, j'utiliserai le procédé de la *cortina* (une digression toutes les trois séquences) pour étoffer mon sujet profond — la relation.

La réelle présence
(Cortina 1)

La silhouette sombre est appuyée contre le coffre d'une voiture, devant nous, corps fluet au sexe indécis, le visage à demi masqué par une capuche. Nous venons de nous garer dans cette rue qui borde le centre de Lille, pour déjeuner avant de rejoindre la petite ville belge où se déroule un week-end de tango. Est-ce parce que nous nous approchons ? ou une impulsion soudaine, un mouvement désordonné ? La silhouette s'élance vers nous, nous dépasse, et j'ai à peine le temps de me retourner qu'elle est déjà loin.

Je sais tout de suite que je n'oublierai jamais le regard qui vient de croiser le mien : il a pour nom l'effroi.

Il fait beau, nous allons danser, je viens de rencontrer l'Effroi. Dès cet instant, la scène est gravée en moi : se détachant brusquement de la voiture (un chevreuil qui rue, pattes avant levées), elle file droit devant elle mais, j'en suis sûre, sans but — juste fuir, s'arrêter n'importe où, pour souffler, pourvu qu'il y ait le moins de monde possible, puis se remettre à courir, au hasard des rues, et s'arrêter encore. Bien qu'elle semble nous avoir regardés, je ne crois pas qu'elle nous ait vus. Nous flottons sans doute parmi une masse indistincte dont elle ne cherche qu'à évaluer les dangers potentiels. Moi je l'ai vue, la très jeune fille noire et maigre dont les yeux m'ont raconté en un éclat fiévreux la famine, l'embarcation hors d'âge qui menaçait de sombrer au passage de la Méditerranée, les viols, les coups, le vol des quelques biens qu'elle avait emportés en guise de viatique et de son argent si les passeurs ne le lui ont pas pris, les nuits dehors, la peur de cet immense inconnu autour d'elle — que sais-je encore ?

C'était terrible qu'elle ne demande rien, qu'elle bondisse dans l'affolement qu'on devinait être son allure ordinaire et détale sans attendre. Même pas la possibilité de lui offrir quelques euros comme en ville nous le faisons sans cesse, en fonction de critères personnels entrecroisés : l'état de dénuement, ou l'âge, ou le sexe — car on ne peut pas donner à tous. Souvent pressée, je me reproche de n'avoir pas encore le réflexe de réserver chaque matin dans une poche d'accès facile quelques pièces, pour pouvoir les distribuer sans ralentir. Telles sont devenues nos cités, pas un quartier, pas un métro sans ses quémandeurs, peu de rues sans quelque amoncellement de couvertures et de paquets qui signale, sur deux mètres d'asphalte, un logis éphémère — plus exactement : un point de chute.

Cette jeune fille — je vais l'appeler Élisa — m'a aussitôt rappelé une autre rencontre, dans le métro. J'étais debout. Lui, assis sur un strapontin, les jambes étirées (qu'en faire ? elles étaient longues), une capuche tombant sur le visage — tout, dans son maintien, dans son regard baissé, signifiait de façon déchirante *Ne me remarquez pas*. Il ne regardait rien dans l'espoir de n'être pas vu. Son sweat-shirt beaucoup trop léger pour l'hiver a soudain rendu mon manteau très lourd et ma tranquillité d'esprit m'a quittée. Si jamais j'avais eu des idées bien arrêtées à propos des migrants, sa réelle présence venait de les rendre parfaitement insignifiantes. Il était là. Et lui, ce corps inconnu abritant un esprit apeuré, exigeait qu'on l'aide, sans réfléchir. Je ne l'ai pas aidé. Comment le faire ?

Élisa et le jeune homme ont réactivé cette expérience capitale : d'un côté, toutes nos idées, confuses souvent, et nos questions sur les réfugiés et les migrants. Combien en accueillir et comment, que leur donner, que leur demander ? Comment préserver à la fois les acquis de la civilisation européenne auxquels nous tenons, et la culture humaniste qui précisément nous commande l'accueil et l'aide ? Je ne crois pas qu'on puisse se contenter d'ouvrir les bras en disant « Bienvenue », en se reposant sur de bons sentiments sans considérer toutes les difficultés de cette situation. Nous sommes entrés dans une ère nouvelle, celle des déplacements de populations et des vastes flux migratoires, qui réclame une profonde réflexion. Mais d'un autre côté, ici et maintenant, il y a ces corps, ces visages, ces personnes. Ce réel. Élisa est devant moi, je crois deviner ce qu'elle sent, et aucun raisonnement à propos de sa situation n'est suffisant s'il ne tient compte de sa réelle présence.

Le phénomène de la *présence* : elle est, bien plus que toute idée, impérieuse, car elle correspond au surgissement du réel. Au-delà de tout ce que je peux me dire, de tout ce que je peux construire intellectuellement autour de la situation actuelle, des forces politiques en jeu, des données économiques et sociales, des représentations diverses (de l'autre, de l'ailleurs, de moi, de nous, de demain, etc.), au-delà ou peut-être en deçà de ces interprétations du monde apparaissent le corps et le visage d'un autre, son corps-esprit, et il est irrésistible. Ce que tu sens, je le sens, avec toi, comme toi sans doute, et ma pensée en est transformée — elle doit l'être si elle ne veut pas encourir le risque d'une abstraction qui en restreindrait la portée. Hegel : « C'est avoir pensé abstraitement de n'avoir vu dans l'assassin rien d'autre que cet abstrait qu'il est un assassin et anéantir en lui, avec cette qualité simple, tout le reste de son essence humaine[1]. » Ne voir dans le migrant que cette abstraction d'être un migrant. La pensée abstraite est un défaut qui ne touche pas que les intellectuels. Au contraire : elle affecte aussi les constructions les moins complexes. Loin de moi l'idée de toujours succomber à l'émotion de la présence en dévalorisant la rationalité : le monde doit être pensé. Mais cette pensée, s'ajustant aux personnes réelles, doit aussi les prendre en compte telles qu'elles nous apparaissent *en présence*. Ainsi suis-je reconduite à l'idée du devoir d'hospitalité (celui-ci incluant la réversibilité :

n'ai-je pas spontanément nommé la jeune fille Élisa, É — I — A qui sont, je l'ai soudain entendu en me relisant, les voyelles de Belinda ?).

Voilà. Deux phénomènes de notre extrême contemporain : le tango, qu'on danse jusqu'à Pékin et qui se répand sur toute la planète ; les migrations, grands flux de la misère qui balaient le monde. La danse et le déplacement forcé. Ils coexistent, symptômes qui contribuent à nous donner le sentiment d'une petite planète, d'un monde de connexions. Car, si l'on y prend garde, un lien secret les unit qui est d'une part leur commune capacité de propagation — à l'échelle mondiale et non plus locale —, et d'autre part leur capacité à nous faire éprouver notre nature d'« êtres en relation ». Dans les bras de mon danseur comme devant Élisa, je ressens dans toute son intensité le fait que je suis en relation avec autrui — non pas séparée, indemne ou indifférente, mais toujours reliée.

L'accordanse

J'éprouve toujours un vif plaisir à engendrer et habiter une petite île, comme celle que crée l'espace entre nos bras enlacés. Vieille lune, chez moi, ce souhait qu'on sache parfois annuler la distance, qu'on invente des moments et des gestes qui nous relient et nous accordent, comme le baiser pour lequel il faut être deux — le baiser solitaire n'existe pas. Ce désir d'embrassement n'est pas si éloigné de ce qui me pousse à écrire : faire advenir un terrain d'entente, un lieu où l'on se rejoigne, où l'on crée une connivence.

Car souvent je retrouve cette blessure de l'enfance, ne pas savoir ce qu'il y a dans la tête d'autrui, comment elle est faite, avec quelles articulations d'idées, de croyances, de raisonnements, de sentiments… Qui n'a vécu cette expérience de la stupeur quand soudain l'on découvre à quel point l'autre pense ou sent différemment sur un point où l'on n'imaginait même pas qu'un désaccord fût possible ? Alors c'est un petit abîme qui s'ouvre devant soi — ô mon très proche, mon immédiat, tu étais donc si différent et je l'ignorais ?

Dans *Le Temps retrouvé,* Proust utilise une formule qui illustre à merveille la posture de l'écrivain : l'« effort pour imaginer ce qui diffère de soi[1] ». Toute la belle machinerie de la psyché humaine trouve son apogée quand elle est capable de cela — se mettre à la place de l'autre. Et pas seulement chez les écrivains : cette place imaginaire est ce qui retient mon bras quand je voudrais, dans un élan de colère, frapper ; qui me pousse à offrir le pain quand j'ai pourtant faim ; qui m'incite à donner mon attention à celui qui se tient en retrait dans un coin de la pièce. De même, écouter intensément le corps de l'autre qu'on tient dans l'*abrazo* est une des façons de pratiquer cet aller-retour entre soi et autrui. Par ouverture et vigilance, on communique avec lui dans le très intime — où s'origine le mouvement. Pour une fois, quelle chance, je devine ce qu'il y a dans ta tête, toi, mon semblable différent, je perçois ton corps-esprit comme rarement, au point que je peux suivre tes invitations à la seconde près. Pendant trois minutes renouvelées trois ou quatre fois, nous avons aboli la distance, nous avons conjuré l'écart. Nous sommes dans ce que je nomme l'*accordanse*.

Bien entendu, dans la danse comme dans l'invention littéraire, on reste soi-même, limité à sa singularité. Se mettre à la place de l'autre ne signifie pas qu'on devienne autre. Et le romancier sait bien à quel point il est, en personne, présent dans sa création, parce qu'il ne peut écrire que ce dont il est capable, ce qu'en tant qu'être humain ainsi bâti il est capable d'inventer, d'imaginer, de se figurer. Son style même lui est imposé par on ne sait quelle intime configuration. Tous les écrivains pourraient dire, comme le champion de boxe Joe Louis, cité par Philip Roth : « J'ai fait du mieux que j'ai pu avec ce que j'avais[2]. » Pareil au danseur qui engage dans la danse son corps ainsi fait, sa gestuelle, son allure, son style propres, le romancier, dans son effort pour tendre vers autrui, demeure lui-même, avec ses particularités, ses préoccupations, ses obsessions — encore une fois, ses limites.

Dans le bal, chacun s'avance avec sa personnalité. Avec son corps — grand ou petit, gros ou anguleux, élégant ou maladroit, timide ou audacieux, solide ou mal assuré —, et avec son tour d'esprit — bienveillant ou méfiant, souriant ou réticent, facétieux ou normatif. On y transporte même son histoire et sa personnalité profonde, comme une anecdote m'en a tôt donné la preuve. Ayant commencé à fréquenter les milongas, souvent je devais lutter pour ne pas m'enfuir. Pourquoi être venue ici, où j'étais en grande difficulté ? L'enfant remontait en moi, avec sa honte de ne pas savoir, son souci excessif de ne pas peser et de ne pas être mauvaise, sachant que les deux peuvent être liés car plus l'un danse mal, moins l'autre s'épanouit dans la danse. Une fois, donc, lors d'une milonga sous l'église des Abbesses où je me hasardai sans connaître personne, un merveilleux danseur m'invita. Moment miraculeux, dans ses bras soudain j'eus l'impression de savoir danser tant il m'écoutait et s'ajustait à moi, et j'éprouvai cet accordanse dont rêve tout danseur.

Or voyez ce que je fis de cette aubaine et de cet enchantement : au bout d'un tango ou deux, je le quittai en bredouillant je ne sais quoi, sans doute en m'excusant de danser trop mal — trop mal pour lui. C'était comme m'arracher au paradis, mais je ne pouvais supporter l'idée de lui peser, de frustrer son plaisir de danser. Je me suis tellement reconnue là que c'en était comique ! Folie que j'ai héritée de mon père, souci excessif d'autrui, de son bien-être ou de son désagrément, crainte d'être pour lui un frein. Mais j'ai aussi compris à quel point, à un certain âge, se remettre en situation d'avoir tout à apprendre dans une activité impliquant un autre représentait un effort considérable, à la fois sur le plan narcissique (il est devenu rare que je me livre à des activités que je ne maîtrise pas du tout) et par l'inconfort lié à la réactivation de traits de caractère dont on se croyait débarrassée (du type « Excusez-moi d'exister, je ne voudrais pas que cela vous encombre ou vous coûte » — remontée de sicilianité ?).

Ainsi, dans le bal c'était encore moi-même que je retrouvais, mes idiosyncrasies et mes embarras. Et il en va de même pour chacun : si l'on sait observer, on appréciera la multiplicité des personnalités qui se pressent sur la piste, chaque corps, chaque expression, chaque posture et chaque regard dénonçant un individu singulier. C'est pourquoi je dis que le monde du tango est une auberge argentine : d'une certaine façon, on n'y trouve que ce qu'on y apporte*.

* [NDD : L'immédiate intimité de la danse donne un accès

Vouloir prendre quelqu'un dans ses bras pour créer un moment enchanté est en général le fait de personnes plutôt sympathiques. Mais il existe aussi des types de personnalité agaçants. Parmi eux, on trouve Monsieur Donneur-de-leçons : il sait, il sait tout, et il passe son temps à expliquer le tango et Buenos Aires à sa partenaire. Une variante : le donneur de conseils. « Tu devrais faire ainsi, tu devrais garder l'axe (comme si quelqu'un pouvait "oublier" de garder l'axe, ou ignorer que c'est l'élément clé de la danse), mettre ton bras ici, lancer de cette façon le *boleo* (claquement de la jambe en l'air), placer ton buste ainsi » — ô le fâcheux qui voudrait corriger sa partenaire (j'ai l'impression que le modèle féminin du donneur de leçons est plus rare). Même les hommes détestent cet énergumène. J'ai dansé avec l'un d'eux un jour, quand je débutais (parce que, évidemment, les débutantes sont ses victimes privilégiées) — on ne m'y a pas reprise. On trouve aussi le danseur histrionique : ne pensant pas à sa partenaire mais à briller, il ne danse pas, il se pavane. Travers également répandu dans les deux sexes, peut-être plus fréquent chez les femmes dont certaines dansent sans écouter le tanguero, avec pour unique visée de se faire remarquer par la salle. Mais je reviendrai à ces distinctions de « genre ». On trouve encore le danseur brutal : il guide sans douceur, elle n'a qu'à bien se tenir ! Et le danseur frotteur :

direct et inattendu à cette extrême singularité de l'autre. Où l'on découvre que chacun est délicieusement fou.]

y a-t-il du mal à se faire plaisir, ma bonne dame ? Sagouin ! Très rare*.

Un soir j'ai dansé la danse la plus brûlante qui se puisse avec... une brute ! Cela mérite d'être raconté. Ayant vaguement remarqué, plus tôt dans le bal, ce jeune homme pas très joli qui dansait assez bien, j'ai accepté son invitation. *Tanda* étonnante : non seulement nous dansions délicieusement (c'est-à-dire que j'avais vraiment le sentiment de danser et pas seulement de réaliser des figures et des pas), mais notre proximité est devenue troublante. Je sentais son souffle et son émoi (je ne crois pas m'être trompée), une sensualité rare qui venait non pas tant de lui que de notre accord. Au point que quand il m'a proposé d'aller danser dans la pièce à côté, moins encombrée, j'ai refusé,

* [NDD : On trouve aussi le voleur de départs. La tradition veut que l'on attende les premières notes d'une *tanda* pour choisir. Mais celui-ci, pour s'assurer la danseuse convoitée, l'invite pendant la *cortina*, sans le moindre égard pour ses pairs. On trouve également le croquemitaine. Celui-là vient à la table d'une inconnue et tend à sa victime une main impérieuse que beaucoup seraient heureusement inspirées de refuser, sachant qu'elles passeront presque toujours un mauvais quart d'heure. En effet, seuls les bons danseurs reçoivent l'honneur de la *mirada* et peuvent attendre sereins le regard espérant d'une étrangère. Il convient d'insister sur l'importance absolue de la *mirada*. Dans le tango, comme dans la vie, à peu près 10 % de personnes font l'objet de nos rêves, 30 % celui de nos cauchemars, et 60 % sont en zone grise. La *mirada* permet de rechercher les 10, son absence d'éviter les 30. Son insistance discrète, renouvelée à chaque *tanda*, permettra peut-être, si l'on est dans les 60 %, de décrocher la danse espérée, car après tout, dans l'incertitude du choix, autant faire plaisir à celui ou celle qui a manifesté son désir.]

redoutant ses intentions (car même une sensualité puissante dans la danse ne crée pas nécessairement le désir d'aller au-delà). À part ça, pas un sourire, une manière désagréable de sortir de l'*abrazo* (laissant tomber ses bras au lieu de mettre dans cette sortie une ultime délicatesse), et même — du jamais-vu ! —, pendant la deuxième *tanda* que nous dansâmes plus tard, la consultation de son téléphone entre deux tangos. Je venais de danser merveilleusement avec un jeune malotru.

Savoir dire merci, faire un compliment discret, exprimer le plaisir qu'on a éprouvé, sourire : la courtoisie devrait toujours accompagner ces moments de haute civilité. Car il existe un *savoir-danser,* comme on dit un savoir-vivre, puisque nous sommes, l'autre et moi, et c'est ce qui importe, et c'est la merveille, nous sommes en relation étroite, moi me passionnant pour lui et ne souhaitant que cet embrassement, cet *abrazo* qui, visant l'accordanse, vaut fugitive alliance.

Des polygames lents

Je me tiens au bord de la piste, debout, pour marquer ma disponibilité, j'ai déjà dansé avec toutes mes connaissances et j'espère vaguement l'aubaine d'un bon danseur nouveau. Je laisse presque toujours une chance au hasard de la rencontre, à la bonne surprise, car je sais qu'à chaque danseur, « enclave d'inattendus[1] » (René Char), correspond un nouveau pays, un nouveau voyage. Et voilà, *mirada*, on se regarde, *cabeceo*, on hoche la tête — « Oui, dansons ». Nous nous avançons l'un vers l'autre, nos bras se lèvent et se nouent. Nous commençons à respirer ensemble. À un très léger changement de poids, je sais de quel pied il va partir et je m'apprête à le suivre, en miroir. La *tanda* commence*.

En principe, le renouvellement des partenaires

* [NDD : « Enclave d'inattendus *et de métamorphoses* ». Comment me changera la nouvelle danseuse que j'invite ? Va-t-elle modifier ma manière habituelle de danser, car elle aura transformé mon inspiration ? Vais-je pour elle être plus lent ou plus rapide, ou plus attentif encore, ou plus bavard ou économe de mes pas ?]

à la fin de chaque *tanda* est de rigueur. Quelques couples, assez rares, dansent toujours ensemble, mais l'exclusivité ne fait pas partie des conventions. Invention merveilleuse, la *tanda*, c'est-à-dire la séparation programmée : plus de destin, plus de fatalité, et l'on ne risque pas de blesser quelqu'un en le quittant puisque c'est la règle. Il suffira, si l'on ne veut plus danser avec lui (avec elle), de ne pas se laisser réinviter (de ne pas la réinviter). De toute façon, en principe encore, dans le bal on ne danse pas plus de deux ou trois *tandas* avec le même partenaire : au-delà, une histoire s'amorce.

Ce découpage de la milonga en séquences d'une douzaine de minutes est un principe essentiel, qu'il faut considérer attentivement. Depuis le début du XXIe siècle, la pratique du tango s'est répandue comme une traînée de poudre sur la planète. Il n'est pas jusqu'à la laborieuse Chine qui ne propose des milongas dans la capitale. Or je crois que si le tango suscite un tel engouement, ce n'est pas seulement affaire de mode : les formes de danse — comment l'on s'approche, comment l'on se lie et délie — représentent de manière imaginaire, inconsciente mais bien active, des conceptions du couple.

Que suggère le tango sur cette question ? Il représente la résurgence d'une institution disparue depuis le milieu du XXe siècle, le bal (populaire, du 14 Juillet, etc.), et remplacée par les boîtes de nuit. Celles-ci, comme on le sait, peuvent être le lieu d'une extrême solitude. Les danses qui y sont pratiquées, sur le modèle du « jerk » des années 1960, consistent à laisser s'exprimer le corps, propulsé par une liberté sans frein, la plupart du temps sur place, dans une improvisation incessante, voire dans une sorte d'onanisme (j'y ai vu des jeunes gens danser seuls en se regardant dans un miroir). Cette liberté est très éloignée du tango qui non seulement propose d'évoluer à deux, dans un extrême ajustement provisoire, mais même à bien plus que deux, à cent, puisqu'il s'agit d'avancer (toujours dans le sens contraire des aiguilles d'une montre) en tenant compte des autres couples sur la piste.

On se rend donc dans la milonga pour former couple, mais provisoire puisqu'il faut changer de partenaire dès que la *tanda* s'achève. J'ai peut-être mauvais esprit mais il serait tentant de voir, dans ce renouvellement permanent des partenaires, une forme de libre-échangisme régulé et courtois. Ainsi, alors que le bal traditionnel a longtemps été, disent les sociologues, une « institution marieuse », on pourrait à présent considérer la milonga comme l'occasion fantasmatique d'une orgie ritualisée. Lorsque je dis cela aux danseurs de tango, ils sont souvent choqués. Alors, même si Borges apporte de l'eau à mon moulin (« C'était autrefois une orgie diabolique ; c'est aujourd'hui une façon de marcher[2] »), baissons d'un ton. Disons que par rapport au bal d'antan où bien des rencontres se concluaient par des mariages, la milonga ressemble à nos façons actuelles de former des couples. Auparavant (à peu près jusqu'à la Seconde Guerre mondiale), on contractait un mariage « pour toujours », fort de l'idée que l'amour était éternel, ainsi que l'illustrait le mythe de Tristan et Iseult dont on oublie trop facilement qu'il leur a fallu rien de moins qu'un philtre magique pour s'aimer indéfectiblement. Si, selon nos représentations actuelles qui relèvent de ce que les sociologues nomment « l'amour romantique », on continue de valoriser la pérennité des unions, la réalité vécue est très différente. La moitié des couples qui se forment aujourd'hui n'ont qu'une durée de vie provisoire et sont appelés à se renouveler, une fois ou plusieurs. Ainsi devenons-nous, de fait, des « polygames lents[3] » — ce que nous sommes dans la milonga.

On prête au grand poète et compositeur de tangos Enrique Santos Discépolo la définition du tango comme « une pensée triste qui se danse[4] », remarque dont on vérifie l'exactitude en écoutant certaines musiques de tango. Mais il suffit d'observer ce troublant sourire sur le visage de nombreuses danseuses pour comprendre que cette danse, qui a tout à voir avec la jouissance, est plutôt une forme socialisée de l'étreinte amoureuse en situation libre-échangiste. Délicieusement joyeuse*.

* [NDD : Les plus belles musiques du tango sont tristes, et les plus belles paroles sont désabusées. Plaquée sur cette atmosphère désespérée, l'inéluctable fin de l'étreinte, jamais anticipée dans la vie mais renouvelée ici toutes les douze minutes, ressemble à ces jeux d'enfants où l'on détruit joyeusement des objets puisqu'on les sait reconstructibles.]

De la séduction

Tous les observateurs perçoivent la charge érotique du tango mais, par un curieux mécanisme psychologique, de nombreux danseurs la dénient. Il faut reconnaître que sa nature est incertaine.

Pour la décrire, je peux déjà raconter ceci : quand il m'arrive de danser avec des femmes, la plupart du temps je n'aime pas leur guidage que je trouve trop doux. Un jour, celle qui m'a invitée était professeure et elle avait une fermeté merveilleuse — autant qu'un excellent danseur. Pourtant j'ai éprouvé moins de joie à cette danse parfaite que si elle avait été homme. Avec un danseur, la même *tanda* m'aurait exaltée, la beauté de notre petite création m'aurait paru enthousiasmante. J'ai aussi cette impression d'incomplétude — disons — les fois où je danse avec un homme très âgé. Cela signifie-t-il qu'avec mes danseurs j'ai envie de plus que danser ? Non. L'incontestable érotisme qui s'attache au tango ne se convertit pas forcément en désir sexuel*.

* [NDD : Et s'il s'agissait simplement, non pas de vouloir plus que danser, mais simplement de pouvoir en rêver ?]

N'est-ce pas que, dans la vie de tous les jours, une impondérable teinte sensuelle colore nos rapports les plus neutres dès que les deux sexes y sont impliqués ? Cette émotion ne porte pas à conséquence : douce friction, froissement de soie, vibration subtile, elle n'est qu'un frémissement de l'air. Ainsi du tango : une sensation-sentiment particulière résulte du fait de danser avec quelqu'un appartenant à la large catégorie des partenaires sexuels potentiels (je n'ai pas dit *désirables* mais bien *potentiels* — quand rien ne s'oppose à l'étreinte que notre goût). Parce qu'il ne débouche sur rien (dans la très grande majorité des cas), j'assimile ce frisson à celui qui nous parcourt dans la situation de séduction.

Car c'est bien à elle que ressemble l'éros du tango. De même qu'on peut trouver plaisir au jeu d'approche et d'esquive de la séduction sans envisager de le prolonger par une étreinte, la danse est une façon de jouer avec la promesse sans suite d'un désir léger. Tu me proposes de riches figures, ton *abrazo* me soutient et m'enveloppe tout en me laissant libre, nous sentons la perfection de notre accord… pourtant nous nous quitterons à la fin de la *tanda*. Au revoir, *hasta luego*, merci, c'était délicieux, à tout à l'heure ou à jamais, je ne saurai pas si ta manière de danser reflétait ta façon d'aimer.

La séduction, cependant, n'inclut pas un contact physique. Les corps sont observés, appréciés, évoqués parfois, mais ils ne se touchent pas. Au tango, si. Ils sont étroitement embrassés. Corps qui se touchent : une des situations les moins anodines qui soient, car le corps est sacré. C'est pourquoi l'on ne saurait limiter l'éros du tango à la séduction : il y a bien une promesse *tenue*, même si elle ne l'est pas jusqu'au bout.

Autre image possible : la conversation. Celle-ci n'est d'ailleurs pas étrangère à l'entreprise de séduction — on séduit aussi en parlant*. Or le tango peut être vu comme une forme de conversation, où deux corps-esprits fabriquent une sorte de récit dialogué, articulé mais sans signification, dont résulte une œuvre éphémère. Il s'agit bien d'un dialogue entre nous : tu me parles, je te réponds, tu enchaînes, nouvelle réponse, etc. Cette vivacité des échanges explique, sur le visage de certaines danseuses, ce sourire de ravissement, yeux fermés, que j'évoquais plus haut. Expression d'une extase prolongée (trois fois quatre minutes), il apparaît souvent quand le danseur a proposé un pas inattendu, une figure surprenante, et il signifie alors « Bien trouvé ! », « Joli coup ! » — plaisir devant la facétie, l'audace, l'inventivité**.

* On pense à Germaine de Staël qui décrit ainsi la conversation : « [...] c'est une certaine manière d'agir les uns sur les autres, de se faire plaisir réciproquement et avec rapidité, de parler aussitôt qu'on pense, de jouir à l'instant de soi-même, d'être applaudi sans travail, de manifester son esprit dans toutes les nuances par l'accent, le geste, le regard, enfin de produire à volonté comme une sorte d'électricité qui fait jaillir des étincelles [...] » (« De l'esprit de conversation », in *De l'Allemagne*, tome I, Flammarion, « GF », 1968, p. 102).

** [NDD : Le plumage des figures est parfois terni par le ramage des conversations. Le *chamuyo* propre à Buenos Aires, ce *small talk* entre deux tangos, qui là-bas se prolonge volontiers sur un bon tiers du tango suivant avant qu'on reprenne

Échangisme, séduction, conversation : le tango est le lieu d'une relation provisoire mais étroite, et la mise en scène d'un jeu. On n'accorde pas assez d'importance à la dimension ludique de nombre de nos interactions. La création de nos identités d'homme et de femme dans le commerce amoureux ne relève-t-elle pas du jeu de rôle ? Ces identités passagères, outrées, joueuses, sont aussi sérieuses et factices que celles qu'empruntent certains amants lorsque dans la chambre ils se déguisent en soubrette ou en (zut ! en quoi se déguise-t-on parfois dans le jeu érotique ? bref). Si l'on s'en souvenait plus souvent, la légèreté indispensable aux relations entre hommes et femmes, et à leur plaisir, s'en trouverait restaurée.

---

l'*abrazo*, peut parfois enlever l'envie de danser lorsque l'autre, finalement, ne parle pas comme il/elle danse.]

Les secrets d'initiés
(Cortina 2)

L'autre fois, à Lille, lorsque nous sommes revenus de notre déjeuner dans la vieille ville, ma brune Élisa était de nouveau là, accroupie entre deux voitures, la tête dans les mains, et cette fois, laissant mon ami rentrer pour se reposer avant la milonga, je suis allée vers elle. Je l'ai relevée. Elle avait peur mais, quand elle a pris le temps de me regarder, elle a commencé à se rassurer. Ses amandes sombres étaient des vrilles qui cherchaient à me déchiffrer. Que pouvions-nous partager ? Elle avait besoin de tout, que pouvais-je pour elle ? J'ai attrapé son bras si maigre qui se contractait sous ma pression et je lui ai souri. Soudain elle a étouffé un sanglot violent. Mais non, ne pas pleurer, ne pas donner un signe de faiblesse, ne pas prêter le flanc, elle s'est raidie et a attendu.

« Tu parles français ? » Elle parlait anglais. « *Do you want to eat ?* » Elle m'a suivie dans la ville. D'abord elle mangeait en silence, avec détermination, elle mâchait, concentrée, je n'avais jamais vu mâcher avec tant de sérieux — d'acharnement.

D'où venait-elle ? Érythrée. Son âge ? Pas de réponse. Peut-être lui avait-on dit que déclarer un jeune âge la protégerait ? ou l'inverse ? Elle avait été séparée de sa famille en traversant la Libye, une mère, deux frères, et avait décidé de continuer sans eux, dès qu'elle serait installée elle se mettrait à leur recherche — et elle les retrouverait, oui, elle les retrouverait. Installée où ? Sa mère pensait à l'Angleterre, alors elle y allait. Que lui était-il arrivé depuis qu'elle était seule ? Ses épaules s'affaissèrent sous la question.

J'aimais la virgule qui terminait la mandorle de ses yeux près du nez, comme chez les biches et les chats. Derrière la barrière de ses prunelles, tout ce qu'elles avaient vu. Voulais-je le savoir ? Pas sûr. Les articles de presse sur ce sujet étaient terrifiants. Elle me montra son épaule : à la naissance du cou, une blessure incompréhensible, mal refermée. Plus tard, après le déversement des horreurs, elle me raconterait une belle chose, qui m'apaiserait un peu. Quand la minuscule embarcation qui la transportait avec une dizaine de personnes vers Lampedusa avait coulé, elle avait nagé des heures, des heures, elle criait par intermittence, et soudain, alors qu'elle n'y croyait plus, elle avait perçu une présence dans la mer devant elle, qui l'attrapait par les épaules pour la remorquer puis qui la hissait sur les dalles du port. La femme — c'était une grande femme forte, m'expliqua Élisa — l'avait déshabillée, enveloppée dans sa blouse qu'elle venait d'ôter, puis serrée contre elle longtemps. Tandis qu'Élisa tremblait de froid, elle lui avait parlé doucement dans un long murmure incompréhensible mais tendre — j'imaginais ces mots qu'on chuchote aux enfants pour les rassurer, mots de nuit qui accompagnent les ondulations des rideaux et les stridences régulières des insectes, mots siciliens rugueux que la bonté rendait caressants —, et elle avait tenu le corps d'Élisa contre elle jusqu'à ce qu'elle soit réchauffée. Après un court séjour au centre d'accueil — elle ne voulait pas parler du centre d'accueil —, Élisa était repartie vers le nord. Pendant son récit, sa voix s'était éparpillée en brefs sanglots à deux reprises, quand elle avait suggéré l'horreur de la Libye, puis quand elle avait évoqué la tendresse de la femme sicilienne. Deux attitudes humaines qui pulvérisent la raison.

Dans la tiédeur du petit café où elle venait de manger, ses paupières se sont mises à battre : elle avait sommeil. Je l'ai entraînée vers ma voiture et l'ai invitée à dormir sur la banquette arrière, « *I stay here, sleep, I watch, be quiet, sleep !* ».

Maintenant il fallait téléphoner, dire que j'avais trouvé une enfant perdue, dénicher un abri, des gens qui la prendraient en charge. Élisa venait d'entrer dans ma vie.

Dans la vôtre.

Mais sortons doucement de mon histoire.

La *présence* d'Élisa, celle que dans une fulgurance j'ai éprouvée dans la réalité, je peux aussi en recueillir le contenu émotionnel et intellectuel dans une écriture fictive, que je ferai ainsi partager à mes lecteurs. Car cette inquiétude et ce questionnement sur *ce qu'il y a dans la tête d'autrui*, que j'évoquais plus haut, nous avons inventé un moyen d'y répondre : la fiction. Par elle, non seulement nous pénétrons imaginairement dans des psychés étrangères, mais encore vivons-nous des expériences que nous ne traverserons peut-être jamais dans la réalité. Il se trouve que j'ai vraiment croisé Élisa, mais je ne l'ai pas retrouvée ensuite, je viens seulement de l'imaginer, tout comme je lui ai prêté un prénom. Après le déjeuner je suis simplement allée danser avec de sympathiques inconnus. J'aurais pu aussi bien inventer son existence même et, de bout en bout, une histoire complexe où j'aurais raconté sa détresse et mon émotion, ses mésaventures et mon sauvetage, sa vie en France, ses déboires et ses joies — etc. Et pour peu que je l'eusse assez bien racontée, mon lecteur aurait *connu* ces expériences, aurait éprouvé ses sentiments et les miens. C'est le privilège de la fiction de nous permettre d'être traversés par des affects réels suscités par des histoires feintes. Grâce à elle, nous comprenons des expériences que nous ne vivons pas dans la réalité et nous nous en accroissons, car nous profitons des mêmes contenus idéels et émotionnels — puisque seules sont efficaces les « idées-affects », idées assorties d'affects.

C'est pourquoi je dis qu'elle transmet des « secrets d'initiés ». Habituellement, pour être « initié », il faut en passer par l'expérience concrète. Mais on peut l'être par la fiction qui dépose en nous ces savoirs par le truchement des histoires et des personnages qui les portent. Ainsi sommes-nous enrichis. N'a-t-on pas souvent constaté combien ils nous paraissaient de vieux enfants ceux qui, ne lisant jamais de fiction, ne disposent que de leur pauvre expérience personnelle pour vivre ? Si je ne lisais pas, que saurais-je de la vie dans sa complexité et ses ambiguïtés, moi dont l'existence est si réduite — à une aire géographique, des habitudes qui sont celles de ma société, quelques activités, quelques amis me ressemblant…

La fiction est un laboratoire où s'expérimentent toutes sortes de manières d'être au monde. Nous avons besoin de vivre et d'éprouver l'expérience des « autres », telle que nous la propose imaginairement le roman pour, en accédant à de multiples secrets d'initiés, accroître notre compréhension de la société et des êtres. La fiction consiste en la fabrication d'un univers mental partagé, d'un terrain d'entente. Et si cette magie est possible, c'est qu'elle crée un effet de *présence réelle* qui nous met en relation avec des psychés étrangères. Autre forme d'embrassement.

Les genres

Fiction et jeu traversent largement la relation érotique. Les rôles que nous y endossons — fort, fragile, soumis, dominant, joyeux, concentré, attentif, savant, naïf, cru, délicat... —, aussi véridiques et feints que les personnages habités dans nos rêves et dans nos fantasmes, représentent les facettes toujours changeantes de notre identité multiple, et les éclats bien réels de notre désir.

On dit qu'à Buenos Aires, quand fut inventé le tango, c'était d'abord une danse d'hommes — et même de voyous, d'où la persistance de son aura de séduction canaille. Aujourd'hui, dans la milonga, la règle stipule que l'homme invite, puis qu'il guide. La femme accepte, puis elle est conduite, sa liberté s'exerçant à l'intérieur des propositions du guidage. Répartition genrée des rôles où l'on reconnaît aisément la reproduction caricaturale de comportements archaïques...

Qu'en penser ? Protester ? Déplions les idées.

Je tiens que dans la plupart des situations de l'existence (l'enseignement, le jardinage, l'écriture, la plaidoirie, la natation, etc.), nous ne sommes pas contraints par notre genre (masculin/féminin) mais incarnons simplement des personnes en train d'agir. C'est un travers de notre époque qui se passionne pour les questions identitaires de laisser entendre que les actions et attitudes des femmes et des hommes seraient inflexiblement et en permanence commandées par leur genre. Or nous sommes au premier chef des *personnes*, tant que notre féminité ou notre masculinité n'est pas directement sollicitée. C'est pourquoi, plutôt que de « différence », il vaut mieux parler de « distinction » des genres, puisque c'est notre regard, dans une situation donnée, qui nous incite momentanément à *distinguer*, quand, dans une autre situation, cette distinction ne serait d'aucune pertinence.

L'érotisme, précisément, est commandé par la distinction des genres : quelle que soit notre orientation sexuelle, hétéro ou homo, le sexe de notre partenaire est un élément clé du désir. Par ailleurs, il me semble que les représentations archaïques persistent plus longtemps dans l'intimité de la chambre qu'à l'extérieur. Est-ce grave ? Dans le commerce amoureux, on quitte le domaine de la réalité pour entrer dans celui du fantasme et du jeu. Ceux-ci se modifieront probablement avec les transformations des rapports entre genres — mais dans un second temps, comme leur conséquence. Même si j'ai grande hâte que le processus de la drague soit plus égalitaire et que les femmes deviennent, comme les hommes, sujets expressifs de leur désir, prenons garde en attendant à ces jeux précieux, sans quoi nous risquerions de compromettre le désir, et le profond plaisir qui s'y attache.

Le tango étant une situation érotisée, il reproduit avec force toutes les dissymétries à l'œuvre dans l'érotisme. En premier lieu lors de l'invitation. Dans la milonga, le rituel est suffisamment strict pour que l'acceptation ou le refus soient signifiés sans violence : théoriquement, la femme attend et exprime son accord lors d'un échange de regards qui est une autorisation à venir l'inviter — double détente qui tient l'inopportun à distance et adoucit l'éventuel refus, manifesté de loin. Fort bien, mais on retrouve le même problème que dans la société en général : on voit un peu, mais bien trop peu, les femmes prendre l'initiative. Même si elles peuvent exprimer leur désir par la *mirada*, elles sont condamnées à attendre au bord de la piste, situation non seulement frustrante mais humiliante. On peut imaginer que cette partie du rituel deviendra plus égalitaire en même temps que la société évoluera. Mais ayons conscience que cela n'ira pas sans inconvénients : il ne nous sera pas facile d'essuyer des refus, si habituées que nous sommes à infliger des rebuffades sans prendre le risque de les subir... Je me rappelle cette scène : une femme qu'on invitait peu s'est approchée d'un de mes amis et l'a sollicité. Lorsque j'ai vu celui-ci dire non, j'ai eu mal pour elle, pour son effort d'autant plus grand qu'il était moins habituel. Lorsque j'ai interrogé mon ami, il m'a expliqué qu'elle l'avait déjà invité plusieurs fois et qu'il ne voulait pas qu'elle croie son acceptation d'emblée acquise. Puis il m'a gentiment reproché d'accroître sa culpabilité : il mesurait bien la petite violence de son geste.

Du côté féminin, la question du refus se pose constamment. Par exemple, certains danseurs qui me plaisaient lorsque je débutais et auxquels j'avais été reconnaissante de me faire danser malgré mon peu d'expérience ne me conviennent plus du tout aujourd'hui que j'ai progressé. Que faire quand ils viennent m'inviter malgré la différence évidente de nos niveaux actuels ? Les refuser tout net ? Parfois, pour ne pas me montrer ingrate, j'accepte (et j'enrage), d'autres fois je décline l'invitation et me tranquillise en me disant qu'ils n'ont qu'à travailler eux aussi...

Autre manifestation d'une cruelle asymétrie dans la milonga, la prédominance des considérations physiques. Car le bal ne déroge pas à la dure réalité du monde extérieur : les femmes, plus nombreuses que les hommes, font souvent tapisserie et les invitations, même pour les bonnes danseuses, sont inversement proportionnelles à leur âge et dépendantes de leur plastique. Cela dit, un peu moins rude mais bien réelle, la discrimination par l'âge affecte aussi les hommes. Mais je crois que c'est leur faute : ils s'obstinent à inviter des jeunettes qui les refusent sans délicatesse. Bien fait, non* ?

* [NDD : La disparité habituelle entre le nombre d'hommes (40 %) et de femmes (60 %) engendre une facilité à inviter, triste illusion de séduction. Combien de coqs à l'ergot surdimensionné ne paradent-ils pas lorsqu'ils ont dans les bras, le temps d'une danse, une fille qui dans la rue ne les aurait même pas regardés ? Si les femmes ne renonçaient pas à leurs exigences

La danse elle-même, après l'invitation, obéit à une distribution sexuée des rôles : la femme principalement écoute tandis que l'homme guide et assure la progression dans l'espace encombré de la salle de bal. On décrit souvent ce moment si fusionnel comme « un cœur sur quatre jambes », mais il est surtout un mime de la situation (hétéro)-sexuelle : on demande à l'homme une maîtrise qui n'est pas sans rappeler celle dont il doit faire preuve dans l'étreinte sexuelle. Même avantage et même inconvénient, la charge est lourde pour les tangueros qui ont à assurer le déplacement, le guidage et le rattrapage des faux pas. Ils ont d'ailleurs besoin d'un plus grand nombre d'années que les femmes pour se former. Un spécialiste du tango, danseur et sociologue, Christophe Apprill, prétend même qu'aux origines l'apprentissage incombait seulement aux hommes[1]. On peut imaginer une évolution de la danse qui verra les femmes guider autant que les hommes et ceux-ci suivre, mais cela témoignera d'une profonde modification des rapports de genres dans la société en général*.

---

au profit d'un tour de piste, elles reprendraient le pouvoir de choisir que le nombre leur enlève.] Je ne veux pas polémiquer avec mon ami Marc, mais ce dernier point est une réflexion d'homme qui ne se rend pas compte du temps qu'on peut passer à faire tapisserie, jusqu'à finir par avoir le moral dans les talons aiguilles…

* [NDD : Dans les pays anglo-saxons, sensibles aux considérations de genre, on a changé depuis longtemps la distinction danseur/danseuse en *leader/follower*. En Argentine, on dit souvent encore *chicos* et *chicas*. Partout cependant, et en Argentine aussi, on trouve des milongas « queer », en général associées à une plus grande diversité d'orientations sexuelles,

Et puis, pour éviter le ressentiment que produit l'inégalité, songeons encore une fois aux bénéfices secondaires. Une amie débutante, au demeurant femme de poigne dans la vie, à qui je demandais si elle aimerait apprendre aussi le guidage, me répondit sans hésiter : « Certainement pas ! Pour une fois que j'ai l'occasion de me laisser guider ! » Je la comprends. L'expérience d'être menée est trop délicieuse pour qu'on veuille à toute force prendre la main. Mais qui sait si les hommes ne seraient pas heureux de se laisser guider parfois ? (Que veut, vraiment, un homme ? que voudra-t-il demain, quand nous serons égaux ?) En tout cas, à celles que révolte l'évidente asymétrie qui règne dans la danse, je dis qu'il ne tient qu'à elles d'apprendre à guider et, d'ores et déjà, d'inviter des femmes.

En résumé : représentatives d'une situation sociale inégalitaire, certaines pratiques du bal de tango devront changer. En attendant, dès que j'entre sur la piste, j'éprouve une immense gratitude pour les hommes parce que la distribution des rôles me permet de fermer les yeux et de me laisser entraîner. Fermer les yeux, quel délicieux privilège ! Mais quand je dois patienter au bord de la piste, je ne suis pas contente, et je me dis qu'il est temps que nous changions la tradition, et que nous ne soyons plus réduites à espérer passivement l'invitation*.

---

où tout le monde invite tout le monde en changeant parfois de rôle. Pour ma part, je ne suis pas sûr de bien vouloir être guidé (hors entraînement bien sûr). Pas mon genre, sans doute.]

* [NDD : Pour bien guider, il faut être inspiré. Pour être inspiré, il faut avoir envie de danser avec la personne que l'on

Hypothèse : la crainte de l'indistinction des genres qui accompagne les mutations des rapports hommes-femmes dues aux avancées du féminisme, crainte qu'on entend souvent exprimée ici et là avec plus ou moins d'angoisse, n'expliquerait-elle pas une part de l'engouement pour le tango qui, mettant en scène des rôles et postures d'un autre temps, offre une sorte de rassurance identitaire ? Là, au moins, on obéit aux très anciennes traditions, pas de flottement dans les marques de genre… Baroud d'honneur du vieux monde ?

---

va guider. Il est donc crucial que ce soit celui/celle qui guide qui invite, pas celui/celle qui sera guidé(e). Par ailleurs, si l'invitation devient symétrique, le refus le deviendra aussi, sans garantir davantage de danses, compte tenu du plus faible nombre de danseurs. Le problème me semble venir plutôt du surnombre des danseuses que de la méthode d'invitation.]

Éros dansant

« Je ne pourrais croire qu'à un Dieu qui saurait danser. »

Friedrich NIETZSCHE,
Ainsi parlait Zarathoustra[1]

Toutes les danses de couple se fondant sur un dialogue serré des corps, elles peuvent être regardées comme des mimes de l'amour. Mais le tango, exigeant deux corps-esprits dans une grande intelligence mutuelle, évoque plus encore l'échange amoureux, car s'il engage un lexique précis (des pas et des figures répertoriés), sa syntaxe est ouverte : les combinaisons et les possibilités d'improvisation sont infinies. Cependant, bien danser ne consiste pas à multiplier les figures mais à trouver l'accord pour marcher ensemble. Dans la danse comme dans l'étreinte, le plaisir est la visée.

Les danseurs savent que parfois la dimension d'écoute et de concentration, l'attention (et la relative tension) nécessaires à la réalisation de leur œuvre éphémère laissent au second plan la jouissance sensuelle de la danse. Mais qu'on entre dans l'accordanse et le plaisir domine. Dans le tango comme dans l'érotisme, la délectation résulte entièrement de la qualité de la relation.

Chez les humains (mais pas chez les animaux), l'érotisme se déploie dans un délai : entre le premier geste amoureux et la fin de l'étreinte, dans la séquence temporelle ouverte à l'imagination et au désir, chacun sera conduit à inventer caresses et pratiques — et pour chaque étreinte à nouveaux frais. Parvenu(e) à un certain degré de raffinement, l'amant(e) développera son ouïe amoureuse, sa capacité d'entendre les désirs et les suggestions implicites de son (sa) partenaire, auxquels il (elle) répondra dans un style qui n'appartient qu'à lui (elle). Jamais deux amants (amantes) ne sont semblables. De sorte que, paraphrasant le naturaliste Buffon qui déclarait au XVIIIe siècle « Le style est l'homme même[2] », on peut affirmer que « L'érotisme est l'homme même » (« la femme même »).

Da capo. Entre le premier pas et la fin du tango, dans la séquence temporelle ouverte à l'imagination et au désir, chacun sera conduit à inventer pas et figures — et pour chaque tango à nouveaux frais. Parvenu(e) à un certain degré de raffinement, le danseur (la danseuse) développera son ouïe, sa capacité d'entendre les désirs et les suggestions implicites de son (sa) partenaire, auxquels il (elle) répondra dans un style qui n'appartient qu'à lui (elle). Jamais deux danseurs (danseuses) ne sont semblables. De sorte que, paraphrasant le naturaliste Buffon qui déclarait au XVIIIe siècle « Le style est l'homme même », on peut affirmer que « Le tango est l'homme même » (« la femme même »*).

Où l'on constate, preuve par les mots, qu'il suffit de peu de changements dans la phrase pour évoquer aussi bien la danse que l'étreinte**...

Chez le danseur (la danseuse), comme chez l'amant (l'amante), même singularité, même nécessité d'entendre l'autre, même invention, même prédominance du « style », même nécessité du renouvellement. Le fait de mettre sa créativité (intuition, style et invention) au service d'un plaisir partagé permet d'avancer que le tango est, comme l'érotisme, une célébration de l'altérité. Lorsqu'elle est commandée par la seule recherche de son plaisir personnel, la *tanda* est ratée. Mais sous l'injonction du désir peuvent se déployer tous les fastes de la danse. De même que dans la phrase *Je te désire*, autrui figure en majesté et convoque mon amoureuse imagination, sur la piste, le danseur ou la danseuse de tango qui danse pour lui ou elle-même (pour se mettre en valeur, sans écouter l'autre) défigure la danse et encourt les

* Petite remarque militante : on voit, à la multiplication de mes parenthèses, qu'il y a urgence à inventer des mots neutres, ou une forme de neutre. Il ne s'agit pas tant de féminiser la langue (ce qui oblige à multiplier les parenthèses) que de la « neutraliser », afin qu'elle soit capable, aussi, d'exprimer l'idée d'un *être humain* agissant.

** [NDD : Preuve par les mains, la frontière reste floue : le territoire autorisé aux mains des tangueros est en théorie limité au dos de la ou du partenaire. La définition du dos est étonnamment variable. Pour certains danseurs de l'extrême, elle inclut le haut des fesses et l'extérieur du sein droit et, pour certaines danseuses, la nuque du cavalier.]

critiques des danseurs exigeants. En ce sens, l'étreinte aussi bien que le tango peuvent être considérés comme des créations pour lesquelles un double auteur est nécessaire. L'embrassement entre les deux corps-esprits produit une sorte d'œuvre, vivante et éphémère, qui révèle les individualités dans ce qu'elles sont au plus intime et au plus secret — attention, écoute, maîtrise, élégance, générosité, hospitalité.

Pour oublier la technique et improviser, inventer, donner libre cours à ses sentiments, il faut l'apprendre (contrairement à l'érotisme dont on peut regretter qu'il ne fasse, en Occident, l'objet d'aucun apprentissage). Le tango s'apprend très longtemps — une vie entière. Comme elle est satisfaisante, cette éducation du corps. On ne fait pas assez l'éloge de la discipline : elle aussi est source de plaisir. Pour ma part, j'aime presque autant les cours que les bals. Je comprends tout à fait ceux qui me disent « Oh, le prof me faisait marcher des heures, j'en ai eu assez ! J'apprendrai aussi bien en dansant ». Mais ils ont tort. S'entraîner à poser le pied comme il faut, travailler un mouvement jusqu'à ce qu'il ne soit plus nécessaire d'y penser pour le faire correctement (un de mes professeurs disait qu'il fallait muscler non seulement la jambe mais la conscience), chercher la posture qu'on sent la meilleure (la plus efficace et la plus élégante) — le tango demande une vraie discipline car il est un art, c'est-à-dire une pratique qui exige une haute technicité et dont le résultat produit un effet de beauté.

Durant mes premières années d'apprentissage,

il m'arrivait parfois de me plaindre amèrement d'avoir mal dansé, d'être si loin de ce que j'aurais aimé atteindre, et mes amis profanes me répondaient, étonnés : « Mais enfin, si tu profitais du plaisir de danser sans te poser ces problèmes absurdes ? » J'ai fini par comprendre qu'ils ne se rendaient pas compte : auraient-ils asséné à quelqu'un se plaignant de ne pas réussir à interpréter comme il aimerait les *Variations Goldberg* : « Mais amuse-toi donc avec ton piano et ne te complique pas la vie » ?

L'autre jour, dans une milonga, j'ai revu Lélia, une de mes premières enseignantes, qui danse depuis vingt-deux ans et continue à prendre des cours auprès de grands tangueros. Elle m'a dit qu'elle commençait à percevoir que ces années de danse n'étaient que les préliminaires à ce qu'elle est en train de découvrir, et qu'elle vient de comprendre qu'elle avait travaillé tout ce temps pour arriver *là*. Sa déclaration m'a enchantée et affolée. Qu'y a-t-il, *là* ? Là ne désignait pas un aboutissement mais un territoire nouveau à explorer, ou un agrandissement du territoire. Il me semble qu'à travers ses mots, exposant la complexité, la sophistication et la profondeur du tango, on peut mieux comprendre qu'il est un art. Et comme tel, il exige naturellement une discipline.

À ceux qui vivent dans leur corps sans y songer, ne lui demandant rien d'autre que de les transporter et de n'être pas trop disgracieux, il sera impossible de comprendre la joie du travail, de l'entraînement, la recherche de l'intelligence du mouvement. Intelligence : c'est ainsi que je comprends la formule de Michaux, à propos de la danse en Orient : « Je voyais des corps habités comme des fronts [...][3]. » Quelle que soit la pratique, on peut y rendre son corps intelligent, c'est-à-dire capable d'un geste efficace, économique et élégant — ce qu'on recherche dans le tango.

Une intimité

Le tango, comme l'étreinte, requiert le franchissement de l'espace de rigueur dans les interactions quotidiennes, il exige qu'on accole son corps à celui d'un étranger qui nous accueille, que nous accueillons, et de notre hospitalité mutuelle sourd une œuvre d'art éphémère, comme la plus belle manifestation de notre être en relation. Hypothèse : et si la passion pour le tango se répandait sur la planète comme une foudre parce qu'elle fait pendant à une nouvelle manière de vivre qui lui est en tout point contraire, l'existence numérique ? Aujourd'hui, la virtualité enchaîne chacun pendant de longues heures à la solitude de son écran, et les relations amoureuses elles-mêmes se forment souvent par ce biais. Or, à cette sociabilité incorporelle manque une dimension capitale, celle que l'histoire vraie qui suit, rapportée dans le quotidien *El País* il y a quelque temps, révèle exactement.

Après avoir vécu ensemble des années, un couple en avait assez, ne se supportait plus et, quoique ne quittant pas encore sa femme, l'homme tenta de faire de nouvelles rencontres en allant sur le Net. Il se mit à dialoguer virtuellement avec une femme dont les propos lui plaisaient beaucoup, qui partageait avec lui de nombreux goûts, idées et opinions, au point que, devant tant de connivences prometteuses, ils décidèrent enfin de se rencontrer. On devine la suite : la femme qui lui convenait si bien était… la sienne. Je ne connais pas la fin de l'aventure mais je peux imaginer qu'en *présence* l'un de l'autre ils ne purent éviter d'être à nouveau frappés par l'impossibilité de s'entendre et par une forme d'ennui, et qu'ils se séparèrent définitivement. Car nous ne sommes pas de purs esprits — qui peuvent, eux, toujours s'accorder. Une personne aimée est beaucoup plus qu'un ensemble de traits de caractère et d'opinions : elle porte une « aura », perceptible en sa réelle présence, et qui seule peut susciter l'amour.

Le tango a ceci de commun avec l'étreinte que les corps-esprits s'y engagent dans une relation provisoire qui se marque par une extrême intimité (sueur, contact, connaissance minutieuse du corps, des goûts, du style de l'autre) et par le désir (danser avec ce danseur plutôt qu'avec un autre), mais un désir errant de polygame auquel répond le renouvellement rapide des partenaires. Si cette danse peut rééquilibrer nos existences envahies par la virtualité, c'est que, contrairement au contact désincarné proposé par l'écran, contrairement à l'exhibition mentale et visuelle que proposent les réseaux sociaux, à leur théâtralité qui maintient la distance, ici on épouse un corps, dans ses humeurs et ses odeurs, dans sa singularité, on

intimité ou proximité ?

sent ses mouvements et, à travers cette corporalité, tout un esprit se donne intuitivement à percevoir. C'est d'ailleurs pourquoi les vrais danseurs ne cherchent pas à multiplier les figures : lorsque la danseuse se livre à une fioriture, l'homme la devine puisqu'il lui en a laissé l'espace et le temps, mais il ne la voit pas. La figure n'est pas tant faite pour lui que pour elle, et peut-être pour l'extérieur, mais elle ne relève pas vraiment de ce qui se trame secrètement entre eux.

L'expérience de l'intime n'est pas anecdotique. Au-delà de ce qu'on peut penser et changer dans les pratiques amoureuses, au-delà des interdits et des choix, reste et restera cette expérience inouïe de l'extrême proximité, aussi extrême qu'elle est rare (élective). Hors l'amour, connaissons-nous d'autres situations que le tango où le franchissement de la distance sociale est désiré et autorisé ?

Cependant, dans ces deux situations, étreinte et tango, la perception de l'autre diffère sur un point capital : celle qui passe par le visage et les yeux. Les yeux parlent et donnent, nous entrons en contact par leur entremise, nous dialoguons ou accompagnons le dialogue, nous manifestons l'accueil. C'est dans ses yeux que j'ai lu la tragédie d'Élisa, dans son regard baissé que j'ai entendu le « Ne me regardez pas » du garçon dans le métro. Quand nous nous regardons, il devient plus difficile de faire comme si — faire comme si tu n'étais pas malheureux, assis sur ton trottoir, comme si tu n'avais pas besoin de moi, comme si je n'avais pas compris que tu étais perdue… Dans l'amour, je te regarde et te détaille, je m'enfonce dans tes yeux, nos sourires conversent et cette contemplation qui est un toucher nous ravit. Le visage est aussi le lieu du baiser royal, le baiser amoureux, qui tient sa force et sa noblesse d'être échangé par les lèvres, c'est-à-dire à hauteur de visage.

Or voilà : au tango, point de regard si ce n'est celui (*mirada*) qui vaut invitation et l'autre, le circulaire, par lequel on observe les danseurs sur la piste — plaisir de regarder, d'apprécier, d'admirer et de déterminer son choix. Mais ensuite, accolés l'un à l'autre, on ne se voit pas. On se love dans l'embrassement et le toucher-sentir des corps constitue le seul contact. D'ailleurs, je reconnais rarement un danseur occasionnel. Cette absence du regard lors d'un rapport aussi étroit est une autre particularité du tango*.

C'est aussi que, pour celle qui est guidée, le tango n'exige guère de regarder mais de sentir. Debout, cervicales étirées, traversée par un axe qui du sol rejoint le ciel, il faut rester verticale, et pour cela avoir une bonne assiette et « tenir l'axe », quelle que soit la figure : par exemple le *giro*, le tour, n'est pas sans péril qui en quelques pas nous fait accomplir un cercle complet autour du tanguero. Lenteur de cet apprentissage qui relève de la sensation intime et non de la vision, et qui demande une conscience des appuis, une

* [NDD : Cette extrême rareté du regard pendant la danse lui donne un poids très particulier lorsque dans certaines figures où les corps s'éloignent (pour un *planeo* par exemple : fléchie sur une jambe, la danseuse décrit un large demi-cercle au sol avec son autre jambe tendue) les yeux se croisent et parfois s'accrochent, et se tiennent.]

rectitude et une bonne orientation du dos… On finit par tenir assez droit mais sans pouvoir éviter une infinité de petits déséquilibres — au fil du temps, ils seront rattrapés discrètement et parfois même avec élégance.

Oui, vraiment, vivre verticale. Cette idée que j'ai toujours chérie a pris forme à la fin de mon adolescence à travers une image conservée dans le trésor de mes hiéroglyphes fondateurs, qu'on trouve à la dernière page de *Regain*, de Jean Giono. Panturle (celui qui est animé par le dieu Pan ?), le paysan qui vient de redonner vie au hameau abandonné, se tient debout devant ses champs ensemencés, puissant et joyeux. C'est l'ultime phrase du roman : « Il est solidement enfoncé dans la terre comme une colonne[1]. » Lorsque je pense à cette image, je vois toujours Panturle en contre-plongée, sur le fond du ciel qui n'est pas mentionné dans le texte mais que suggère l'image de la colonne qui relie. Je dois ajouter que ce n'est pas la *terre* qui me touche ici (je viens d'une mer), mais le *sol*, celui qui permet l'appui d'où rejaillir — pour marcher, courir, danser. Étrange émotion lorsque, sortant de ma douche et me penchant pour me sécher, je vois mon pied sur le tapis et je sens les muscles de ma jambe : impression fugitive d'un solide pilier, et gratitude pour ce privilège, être debout sur la Terre…

Le ciel donc. Depuis le sol m'y sentir reliée. Gardant l'attache, me tendre vers lui. Être en relation avec le vaste Autre. Le tango exige une position intérieure proche de celle qui conduit à l'émerveillement : plus haute et plus juste que le repli sur le moi étroit, ici et maintenant, tous tentacules projetés au-dehors pour percevoir l'existant, si modeste soit-il, si banal, souvent secrètement beau. De même que l'émerveillement suppose un enracinement dans l'instant qui permet la perception jaillissante, le regard allant à la rencontre du monde, au tango il faut être solidement ancré en soi pour créer l'œuvre dansée. Hors du moi mais assez concentré pour se projeter vers l'univers (vers le danseur), éprouvant la connivence générale (la connivence particulière), et donc la joie. Dans l'émerveillement comme dans le tango (comme dans l'étreinte), on circule dans l'*entre*.

Entre toi et moi, quelque chose se trame qui, suspendant ce qui distingue toi de moi, fabrique un *nous*, lequel a dans la danse une existence mobile : *nous* se manifeste dans un mouvement, un déplacement et des figures. L'*entre* du tango est bien une modalité de l'intime : ce qui survient suppose deux êtres qui, pour un instant appariés, accèdent à une conscience élargie, désindividualisée et cependant singulière. Dans ces épousailles fugitives, je suis tout à fait moi et plus vaste que moi, fermement appuyée au sol et m'élançant vers un lieu semi-rêvé qui n'a d'existence qu'avec un autre. Le tango, forme dansante de l'*entre*, exige que nous soyons deux et que ce deux s'abolisse en un *nous* mobile et joyeux.

Merveille de cette danse de haute civilisation, mise en œuvre très ritualisée de la relation — puisque tout est ritualisé, l'invitation, la durée de la danse, le renouvellement des partenaires, les positions des corps —, ce qui permet de savoir exactement à quoi l'on s'engage. Quand nous entrons dans l'extrême proximité de l'*abrazo*, nous connaissons parfaitement les limites de ce qui peut s'y passer — seule la qualité de l'accordanse est imprévisible —, et c'est pourquoi nous pouvons franchir les bornes habituelles pour entrer dans l'intime avec un inconnu.

Les autres en moi

(Cortina 3)

9 janvier 2016. Je me rappelle. Je suis assise dans le métro pour aller à mon cours de tango quand soudain passe un homme noir, assez jeune, vêtements en loques, ne regardant personne et traversant la rame trop vite pour que je discerne s'il mendie. Il grommelle parfois quelque chose mais on entend distinctement un seul mot, qu'il lance avec force : « Homme ! » Je suis désemparée, voudrais lui donner de l'argent (au moins ça), mais quand il repasse dans l'autre sens je constate qu'il ne demande rien. Juste ce mot déchirant proféré régulièrement avec une sourde intensité : « Homme ! » J'aimerais lui dire : « Je vois bien que tu es — que vous êtes un homme » (je ne sais s'il faudrait le tutoyer, fraternellement, ou le vouvoyer, respectueusement, ne sais quel pronom attesterait la reconnaissance de sa dignité). Mais je n'ose pas. Homme ! qu'il ait besoin de proclamer cela ! Toute une histoire suggérée par ce simple mot, une histoire — pauvre, noir, migrant, psychotique peut-être — où il estime qu'on lui

dénie cette simple qualité, ce plus petit commun dénominateur : appartenir à l'humanité.

Mon cœur saisi par une main d'acier.

Je me suis souvent demandé pourquoi le thème de la survie était si important dans l'imaginaire collectif, et aujourd'hui plus que jamais, comme l'indique son omniprésence dans les jeux vidéo et les fictions contemporaines. S'il fait partie des « universaux de la fiction », comme je le crois, c'est qu'il semble renvoyer à une expérience universelle. Nous n'avons certes pas tous connu la faim, l'abandon ou la misère extrême, mais chacun ne porte-t-il pas en lui la mémoire confuse de la très petite enfance, quand un rien ou un instant de négligence pouvait nous tuer ? Nous naissons si fragiles et dépourvus de tout que nous apprenons d'emblée, sans mots, sans idées, à travers notre absolu besoin des adultes qui prennent soin de nous, que nous dépendons d'autrui pour survivre. Et, au-delà de l'expérience personnelle, peut-être conservons-nous, profondément inscrite, cette conscience obscure de la vulnérabilité de notre espèce qui fait que nous mettons plus de temps que n'importe quel animal à devenir un adulte autonome et que, contrairement aux bêtes, nous ne sommes pas « programmés » pour notre environnement mais devons, à nos risques et périls, inventer notre relation avec lui.

L'expérience imaginaire de la survie proposée par la fiction est un extraordinaire laboratoire pour poser la question essentielle de la civilisation *telle qu'on l'a incorporée,* cette civilisation capable de nous empêcher de devenir barbares pour préserver notre vie. La figure du barbare, celui qui est réduit à quelques besoins impérieux dont la satisfaction prime sur toute autre considération, cannibale éventuel, nous concerne tous, car sous sa férocité il reste humain : il n'est pas déshumanisé mais décivilisé, en ce qu'il a perdu le sentiment d'être relié à autrui. Or porter la civilisation en soi, c'est sentir au plus intime la relation avec ses semblables, sentiment qui nous ordonne parfois d'abandonner l'indispensable au profit de celui qui nous fait face — de partager le minuscule morceau de pain, parce que sa faim nous affecte autant que la nôtre.

L'homme civilisé, c'est celui qui porte les autres en lui, celui qui se sait profondément fragile et sait fragile autrui qui demande aide, soutien et amour, et qui peut les donner en retour. Une grande partie de nos activités illustre cette condition précaire de l'humanité, et la littérature est là pour en témoigner. Plus encore, l'existence même de la littérature tient à la conscience aiguë qu'a l'écrivain, conscience réfléchissante, de contenir les autres en lui. Dans sa passion pour autrui qu'il s'agit d'atteindre, d'imiter, de comprendre et d'expliquer, l'écrivain fabrique des personnages. Quand on n'écrit que sur soi, on radote, forcément, qu'on s'accable ou qu'on se vante — ce qui est un peu la même chose. Le romancier regarde intensément en lui-même et autour de lui ses semblables dissemblables. Sa question — la même pour tout un chacun mais qu'il se pose sans cesse et avec ardeur —, je la résume simplement par : comment avancer, vertical, sur la terre ? Par les romans, par les multiples expériences dans l'imaginaire qu'ils proposent, nous obtenons quelques éléments de réponse.

Je conteste l'idée que nous ne pourrions comprendre que ce que nous avons vécu : la grandeur de l'humain tient justement dans son pouvoir de se figurer ce qui n'entre pas dans le champ de son expérience directe. Bien sûr, quelque chose alors lui échappera, la précision, le détail — mais *quand même*. Il a ce don d'empathie qui lui permet de deviner l'autre, qui assure la possibilité de danser ensemble et d'improviser.

J'ai dit que j'écrivais pour livrer des secrets d'initiés. Dans le cas des essais, il s'agit plutôt de « secrets communs » : ces idées, sensations, sentiments, espoirs, douleurs, et ma liste en oublie, que chacun souvent a sur le bout de la langue sans forcément les exprimer et que, pour des raisons complexes, je me suis donné la tâche de formuler jusqu'au bout. Ces secrets communs concernent nos mille façons d'être debout sur la Terre, les nuances de ce qui nous fait homme, femme, cet homme-là et cette femme-là, ils concernent notre espoir de construire une vie bonne et nos batailles pour y parvenir. Quand on a réussi à les formuler, le lecteur dit : « C'est bien cela, vous avez mis des mots sur ce que je pressentais confusément sans jamais l'énoncer et qui est notre lot partagé, un de nos secrets communs. »

Parfois, pour me faire peur, j'imagine un monde sans fiction : il serait sans résonance ni réflexivité. Le romancier assure dans la collectivité la fonction de production et d'enrichissement constant de la grande chambre d'écho dans laquelle chacun peut se « réfléchir ». Travail difficile — rien de plus difficile qu'*inventer* — pour lequel la plus belle rétribution tient dans cet aveu du lecteur : « Vous avez parlé de moi », ou « Vous avez parlé pour moi ».

Dans la *Divine Comédie* (1307-1321), Dante, guidé par Virgile, visite l'Enfer, le Purgatoire et le Paradis. Le chant V narre la très célèbre anecdote de Paolo et Francesca, couple adultérin relégué dans le deuxième cercle de l'Enfer, celui qui est réservé aux luxurieux, aux impudiques et aux morts par amour. Francesca leur raconte dans quelles circonstances ils ont fauté. Ils lisaient *Lancelot*, le grand roman de Chrétien de Troyes, et venaient d'arriver au passage où Lancelot s'apprête enfin à embrasser celle qu'il aime et pour laquelle il a rejoint les chevaliers de la Table ronde, Guenièvre, femme du roi Arthur. Et voici que ce baiser lu permet à Paolo et Francesca de prendre pleine conscience de leur désir et, du même mouvement, d'y succomber. « Celui-ci, dont jamais ne me délie, me baisa sur la bouche tout tremblant. » « Ce jour-là, ajoute l'ombre éplorée de Francesca, nous n'y lûmes pas plus avant[1]. » Je vois un trait du génie et de l'humanité de Dante dans le fait qu'il a associé l'embrassement des lèvres et celui de la lecture. Car les deux ont en commun de susciter un cercle enchanté, un suspens dans le flux ordinaire du temps, un monde intime. Alors on quitte la rive familière et on entre dans l'univers du livre, comme on entre dans l'univers infini et minuscule de ce corps que l'embrassement tient près du sien.

Prédominance de la joie

Pendant une période, j'ai craint de ne plus aimer le tango. Les bals étaient décevants et j'y allais moins souvent. J'ai commencé par mettre en cause mon niveau — trop bonne danseuse pour les danseurs moyens, pas assez pour les bons danseurs, je me trouvais dans un entre-deux délicat. J'ai aussi incriminé mon inconstance : ne m'étais-je pas lassée du tango, comme de tant d'autres activités que j'avais trop ou suffisamment pratiquées pour qu'elles ne m'exaltent plus ? Et puis un jour l'enthousiasme m'a reprise... en même temps que revenait la joie de vivre. Car l'année avait été pénible et j'ai compris que j'avais perdu le goût de la danse tant que j'avais été triste. Or le tango s'accommode mal de la tristesse. Pour danser, il faut être joyeuse. Le corps danse quand l'esprit est allègre.

J'aurais dû le savoir car j'ai souvent été frappée par l'importance de l'humeur : pour danser, et même pour suivre un cours, il faut que l'esprit ne soit pas retenu par des pensées sombres ou des tracas. Il doit se couler jusqu'au bout des doigts et, ne faisant qu'un avec l'édifice corporel, se rendre entièrement présent au moment et au lieu. C'est alors la totalité du corps-esprit qui devient danse.

Ainsi ne s'étonnera-t-on pas si j'affirme que l'état amoureux lui est particulièrement favorable, même si l'amoureux ne nous accompagne pas au bal. Car cet état s'accompagne d'une sur-présence à son propre corps, d'une conscience aiguë de l'entour et d'une connivence générale avec l'univers qui sont propices à la danse. On danse dans le parfum (mental) de l'amant, avec lui quoique sans lui, dans l'air érotisé par son existence*.

Je dois nuancer cette affirmation à propos de l'humeur nécessaire au tango. On danse mal quand on est la proie de douleurs qui affectent le sentiment de soi-même, quand on est devenu, dans chacun de ses atomes, la tristesse elle-même. Mais on peut sans doute danser au milieu de l'incendie — n'a-t-on pas mémoire de ces périodes tragiques de l'histoire qui virent régner la fête et l'oubli ?

15 avril 2019, je m'apprête à me rendre dans une milonga que j'aime bien et où je vais rarement car le lundi, d'habitude, je travaille au loin. Vers 19 heures, j'apprends que Notre-Dame de Paris est en feu. L'information se répand, je reçois des messages de toutes sortes de personnes, très différentes, et toutes sont atterrées, et plus encore, blessées, comme moi-même. D'emblée me frappe l'universalité de l'affliction. Soudain l'on se revoit,

* [NDD : Et dire que nous croyons que c'est avec nous que les filles dansent !]

quelques jours plus tôt, passant devant la cathédrale, coup d'œil rapide et satisfait, tranquille — sa splendeur irradiait, comme pour toujours. Elle était là depuis si longtemps ! La toiture en chêne datait du XIIIe siècle, quelques troncs étaient même plus anciens encore, et le reste à l'avenant. Dans le brasier, c'est le Temps, le Temps pur qui s'est consumé. Et puis autre chose, plus complexe : elle est au cœur de Paris et de la France. Tout à coup, nous nous sommes mis à la percevoir comme le centre d'une vaste toile à laquelle nous sommes tous reliés. Intimement reliés. Car c'est ainsi qu'existe un symbole, de manière oxymorique : niché confusément dans cette partie de l'intime qui est non personnelle mais collective.

Ce soir-là je me suis demandé si je devais aller danser. Il y avait un tel contraste entre la profondeur de la désolation, la gravité de l'atteinte au symbole, et la joie éphémère qui règne dans le bal. Puis j'ai décidé de le faire : rien n'aurait été changé par mon abstention, je ne pouvais que ruminer ma tristesse. Dans la milonga j'ai interrogé un ami : « Tu danses malgré l'incendie ? » Il m'a répondu oui, il dansait et chantait quoi qu'il arrive, c'était sa philosophie.

J'ai dansé. Et le temps du bal, je n'ai presque pas pensé à la cathédrale.

S'il est difficile de danser dans l'affliction, c'est aussi qu'on ne peut le faire sans une grande concentration. La danse milonga par exemple, la troisième des formes du tango (vous vous souvenez : valse, tango et milonga), la plus rapide et la plus joueuse, est tout à fait impossible à danser sans une extrême attention aux invitations du danseur. Elle n'est d'ailleurs pas dansée par tout le monde car elle est fatigante et met les messieurs en eau (et en difficulté), et surtout elle demande une grande inventivité : les manières de la danser sont infiniment variées. L'autre soir, je m'apprêtais à partir, épuisée, quand un bon danseur de ma connaissance m'a proposé une *tanda* de milongas avec lui. Je ne me croyais plus bonne à rien, mais comment renoncer à cette aubaine ? Ce furent d'extrêmes délices. Ainsi ai-je revérifié que, lorsque j'arrive à un certain degré de fatigue, seule l'excellence du tanguero permet de relancer le plaisir de danser. Mais quelle concentration fut nécessaire ! Dès que je pensais à autre chose qu'à strictement le suivre (par exemple je pensais combien il était décidément un excellent danseur), faux pas !

Lorsque je me rends dans une milonga, sitôt parvenue dans ses parages immédiats, je tends l'oreille pour saisir les échos étouffés de la musique, vérifiant avec une joie frémissante et une légère inquiétude (si je m'étais trompée de jour ?) que le bal a bien lieu. La musique est le signal de la joie à venir. Au début, sur la piste, je suis un peu raide, je danse mais comme en hésitant. Souvent je ne sais plus pourquoi le tango est si merveilleux et, malgré une ou deux *tandas*, je me sens mal installée dans mon corps. Puis, au fil du bal, le charme opère à nouveau et je deviens danse. Ici je ne peux pas expliquer ce qui se passe, mais à la fin de la *tanda* mon danseur et moi concluons qu'elle était parfaite. Pourquoi ? Nous étions parfaitement ajustés, nous avons glissé, nos corps en connivence, et l'accordanse était délicieux. Difficile de décrire le moment de perfection atteint quelquefois au cours de la soirée. Il exige que nous soyons — corps, mouvements, accueil, imagination du geste — intimement reliés. Au lieu de faire simplement les pas, d'enchaîner les figures, nous dansons. *Danser* ? être saisi d'une largesse, d'une ampleur, d'une souplesse qui créent dans tout le corps un ondoiement subtil relié à la musique. Je ne sais pas le dire mieux.

C'est le tanguero qui ouvre la possibilité de danser la danse. S'il est généreux, il cherchera à mettre en valeur sa partenaire, à lui donner l'occasion d'être élégante, inventive, assurée : la beauté du couple est la preuve de sa propre excellence. Le pire défaut, je l'ai dit, est de « danser seul », c'est-à-dire de croire qu'on peut briller indépendamment de l'autre, en oubliant qu'il s'agit d'une danse de la relation. Pourtant, rien de tyrannique dans le guidage par lequel l'homme propose le rythme, les figures et les déplacements, car une nécessité supérieure commande ses choix : la musique. Le tango est une danse de la relation, mais pas seulement à deux : on est toujours trois dans l'*abrazo*, les deux danseurs et la musique. C'est elle qui, nous obligeant, nous assure en nous rendant complices.

Musique étrange, aux rythmes inhabituels. Alors que je me pique d'avoir l'oreille assez musicale, je me rappelle ma légère et constante surprise, au début, en essayant de danser en musique. Car le répertoire fondamental du tango, qui s'est constitué à Buenos Aires dans les années 1920-1950, est constitué de compositions et d'interprétations très éloignées du fonds musical familier des Européens*. Dans ce répertoire, Osvaldo Pugliese (1905-1995) est le génie absolu et incontesté, d'une inventivité et d'une modernité qui restent toujours saisissantes. Lorsqu'il se met à résonner dans le bal, les danseurs choisissent avec soin leur partenaire, car il est sophistiqué (il faut donc de très bons danseurs) et si délicieux que la *tanda* est comme un cadeau qu'on se fait mutuellement. « Ah ! Pugliese ! Ma femme m'en voudrait si je ne le dansais pas avec elle », me dit un jour un tanguero**.

* Les initiés auront compris depuis le début que j'évoque toujours le tango argentin traditionnel, le plus dansé. Mais dans la jeune génération on pratique aussi un *tango nuevo* qui présente certains changements par rapport à la tradition. Renseignez-vous !

** [NDD : La musique oriente le choix initial de la partenaire. À la différence de la musique classique, rigoureusement écrite, la musique de tango est notée, puis arrangée. Deux orchestres distincts donneront de la même mélodie deux versions complètement différentes. Une *tanda* étant traditionnellement constituée de morceaux du même orchestre, la connaissance du style de l'orchestre permet d'anticiper sa couleur. Et à chaque couleur sa danseuse. La musique nous assure en effet comme le ferait une corde, mais à nœuds, dispensant les repères rythmiques réguliers qui permettent de se caler (sauf chez Pugliese dont l'arythmie caractéristique effraie justement les débutants). Même si le danseur se trompe ou si la danseuse digresse, le battement suivant leur permet de se retrouver, de poser le pied ensemble, et de reprendre leur dialogue. Enfin elle oriente l'inspiration : un orchestre rythmique (D'Arienzo) et un orchestre mélodique (Di Sarli) donneront des idées différentes. Différentes pour chacun : sur un même orchestre, un danseur suivra le bandonéon, un autre la contrebasse, un troisième le chant ou le piano. On observe ainsi une grande diversité de

Outre l'étrangeté native de cette musique, à laquelle il faut s'accoutumer, on rencontre aussi le problème des danseurs (et sans doute des danseuses) qui n'ont pas le sens musical : c'est la pire des situations, bien pire que la maladresse technique car, le couple n'ayant alors plus de boussole, il n'a aucune chance de s'ajuster, la base même de l'accord n'existant pas. Il est donc très important d'apprendre à connaître et reconnaître la musique. On remarque cependant avec un peu d'étonnement que les musiciens de tango, ou les DJ, ne dansent pas forcément bien, comme si la connaissance intime de ce langage et l'oreille musicale ne suffisaient pas à faire un danseur.

Dès 1930, Borges, qui avait toujours préféré la milonga, musique originelle simple, vive, bagarreuse et folâtre, déplorait l'évolution du tango qui était passé « de la bravoure ou de la forfanterie à la tristesse », lui faisant regretter « les tangos du couteau et du lupanar »[1]. Cette modification survint lorsque le tango passa en Europe, et fut définitive quand Carlos Gardel triompha. « Gardel se servit des paroles du tango et les transforma en une brève scène dramatique[2]. » Aujourd'hui, cette dimension dramatique elle-même s'est perdue au profit de la technicité de la danse qui domine les préoccupations. Reste l'incontestable envoûtement que provoquent ces musiques, et la fusion délicieuse de cette union à trois. Reste la joie, dominante.

---

mouvements sur une même musique, et autant de danses qu'il y a de couples.]

claro que si

Cette joie qui nous fait danser est perceptible dans l'embrassement du tango, dans notre comportement, notre sourire ou notre concentration, et c'est aussi elle qui donne envie de danser avec nous. Dans des périodes où j'étais particulièrement joyeuse, alors que je dansais moins bien qu'aujourd'hui, on m'invitait sans discontinuer et je sentais qu'on invitait ma joie, son éclat, sa force de conviction. Cette question revient souvent lors des discussions féminines de bord de piste. Car les soirs où les invitations se font attendre, on en est affectée : on se dit qu'on doit être médiocre, mauvaise danseuse, pas attirante et toutes ces sortes de balivernes que nous inspire le fait de n'être pas désirée. C'est une cruelle épreuve de faire tapisserie. Une fois que je n'arrivais pas à comprendre pourquoi ce soir-là je dansais si peu, une de mes connaissances, belle et excellente tanguera, m'a dit : « Ça m'arrive aussi et je me demande alors ce que *je* fais ou suis qui provoque cette situation. Réfléchis à l'impression que tu dégages, au visage que tu présentes, etc. » Elle avait probablement raison, même si je continue à déplorer l'humiliante passivité à laquelle sont réduites les femmes, faute de pouvoir prendre l'initiative. Mais n'est-elle pas fascinante l'espèce d'intuition de l'autre qui nous fait pressentir son état psychique ? Comme est beau ce tropisme humain, celui-là même qui nous fait aimer la lumière printanière : on invite la joie.

Nous, peuples trop sédentaires et immobiles, avons tendance à oublier que la danse est l'une des manifestations primordiales de l'humanité :

tous les peuples de la terre ont toujours dansé. Car danser consiste à donner une forme esthétique à la force dynamique — énergie et élan — qui nous meut, et je crois que si on ne le bride pas, il existe en chacun un « vouloir-danser » qui est l'un des visages du désir vital.

Transmettre

À Buenos Aires, au 1860 de l'avenida Sante Fe, dans le Barrio Norte, se trouve la grande librairie El Ateneo Grand Splendid — quel nom ! C'était un somptueux théâtre à l'italienne de mille places, construit en 1919, où l'on pouvait entendre les meilleurs musiciens de tango, comme Carlos Gardel et Francisco Canaro, et aussi les chanteurs quand, à partir des années 20, une radio y fut installée. Ensuite, en 1929, le Grand Splendid permit de découvrir le tout jeune cinéma parlant. Je ne sais ce qui s'est passé entre ces années et le début du XXIe siècle, mais l'ancien théâtre a alors été racheté par une chaîne de librairies qui a eu le bon goût, en transformant à peine son nom (lui ajoutant Ateneo), de ne presque rien changer à la structure du lieu, où cent vingt mille livres sont présentés sur des rayonnages qui occupent les loges et les baignoires, du poulailler aux balcons. On peut les feuilleter dans un des nombreux canapés disposés dans tout le magasin, ou aller boire un verre dans le café installé sur l'ancienne scène. Dorures, plafond peint, rideaux rouges, loges, lumières... comment ne pas s'émerveiller devant la somptueuse et surprenante conjonction des livres et du tango, qui constituent deux manières d'entrer intimement en relation ?

Le tango a un centre, un cœur, un idéal : Buenos Aires. Sur la piste, les danseurs demandent souvent : « Tu es allée à Buenos Aires ? » Je suppose qu'à une certaine époque on vous demandait pareillement : « Tu es allée à Katmandou* ? »

De nombreux Argentins viennent donner des cours à Paris où ils sont très prisés : ils y jouissent du double avantage d'un style inimitable — ils dansent depuis l'enfance — et d'une « origine contrôlée » qui assure leur prestige. Je suppose qu'ils vont aussi un peu partout dans le monde diffuser la bonne posture et l'*abrazo* orthodoxe. Car pour la capitale argentine, la planète entière est une périphérie, ce qui représente très exactement les nouvelles proportions du monde, où la circulation ne connaît plus guère de freins et où chacun occupe un centre dont la totalité de la Terre forme l'alentour.

Moi aussi je dois rendre grâce à l'Argentine. En 2010, dînant chez deux amis mathématiciens, je fis la connaissance d'un troisième, Alberto, chercheur au CNRS, qui évoqua sa passion pour le

* [NDD : De même qu'un karatéka doit faire ses armes à Okinawa, ou un boxeur de muay-thaï s'endurcir les tibias à Bangkok, un tanguero doit un jour faire son pèlerinage à Buenos Aires, et s'entendre dire au moins une fois par les Porteños : « Ah ! en Europe vous dansez le tango avec les pieds, nous on le danse avec le cœur. »]

tango. Je l'écoutai avec envie — du fait de mon emploi du temps chargé et de mes déplacements incessants, je n'avais jamais pu envisager de suivre des cours. J'en prenais tristement mon parti : dans toute existence il est nécessaire de hiérarchiser les désirs, ce qui conduit à renoncer à diverses choses qui semblaient pourtant faites pour soi — danser était l'une d'elles. Quelque temps plus tard, ils vinrent assister tous les trois à une conférence que je donnais au Petit Palais. C'était drôlement gentil et en les remerciant, dans l'enthousiasme, j'osai lancer, sans y croire : « Ah ! Alberto, j'aimerais tant que tu m'apprennes le tango ! »

Il était argentin, extrêmement généreux et maître de son temps : ainsi put-il s'adapter aux aléas de mon agenda. Une ou deux fois par semaine, pendant une grande année durant laquelle il fut l'une des personnes les plus importantes de ma vie, il vint chez moi m'enseigner les rudiments du tango. Est-ce dû à la dimension de plaisir et de partage liée à la danse, ou au fait que ses pratiquants forment une sorte de sympathique secte ? Souvent une belle générosité règne dans le monde du tango. Je garde pour toujours une infinie reconnaissance à Alberto. Il m'expliqua ce qu'il put, notamment les pas et quelques figures, ce qui allait faciliter mon apprentissage ultérieur. Mais s'il pouvait me dire quand ma posture ou mon *abrazo* n'allaient pas, il ne savait m'indiquer comment les corriger : c'est un travail de professeur, pas de simple danseur. Mon amie Lélia entreprit aussi de m'initier et me fit connaître une salle près de chez moi, qu'on louait pour quelques euros. Son propriétaire, Jean-Claude, y avait tenu une milonga et donnait lui-même des cours. Un jour que je l'appelais pour réserver la salle avec un nouveau danseur qui se faisait pour moi prof occasionnel (je cherchais à varier les enseignements puisque je ne pouvais pas suivre de cours réguliers), il me proposa d'essayer quelques cours avec lui. J'en fus étonnée et ravie. Homme réservé, il ne cherchait jamais à plaire ou à bavarder. Mais, comme il me l'expliqua plus tard, il m'avait vue errer et m'obstiner, et il savait qu'enseigner ne s'improvise pas. Ici commença vraiment mon apprentissage. Car Jean-Claude savait me dire exactement quels minuscules détails modifier pour améliorer ma posture, mes figures, ma stabilité…

Il pouvait aussi m'expliquer le cœur secret du tango. Un jour, après une danse, il me dit : « Tu as bien dansé mais… » Connaissant mon défaut, je l'interrompis : « Mais, trop concentrée, j'ai oublié de respirer ? — Exactement. — Mais si, je respirais ! — Sans doute, mais tu vois, moi, je respirais *pour toi*. »

Cela fait partie des belles rencontres d'une existence. Dans mes études, je n'ai pas eu la chance de connaître un de ces enseignants qui changent le cours d'une vie ou du moins l'infléchissent. Soit je n'en ai pas croisé, soit je ne les ai pas intéressés, soit, trop affreusement timide et pleine d'un sentiment d'imposture, je me suis tenue trop loin d'eux. Au tango, j'ai eu la chance de croiser Jean-Claude et de profiter pendant six ans de ses cours.

Je pourrais décrire plus longuement ce qui fait

un bon professeur, mais je sais qu'en premier lieu intervient la générosité, car transmettre un savoir demande d'aimer et de vouloir l'élévation de ceux qui sont en face de soi — non pas aimer individuellement, ou particulièrement, mais aimer autrui, qui s'incarne provisoirement dans celui qui se tient là devant soi, souhaiter le voir grandir, s'accroître, s'enrichir. Mode singulier de la relation, la transmission repose sur le double amour de l'élève et de la discipline qu'on lui enseigne — c'est bien parce qu'elle est précieuse qu'on veut la partager. L'une des manifestations les plus flagrantes de la générosité est la patience. Malgré ma propre passion pour l'enseignement, je ne sais si j'aurais celle de Jean-Claude, qui me répéta si souvent les mêmes choses. J'ai entendu affirmer récemment que pour que le corps assimile un geste, il faut le reproduire dix mille fois — chiffre peut-être excessif mais qui correspond à une vérité générale. Pour réussir à poser le pied correctement, tout en faisant commencer le mouvement à la taille, pour étirer les cervicales en étant vertical tout en arrondissant l'*abrazo*, pour fléchir le poignet droit tout en... — il m'est impossible de décrire la multiplicité des points qui doivent être réglés —, pour réussir tout cela, il faut que l'enseignant le rappelle à chaque cours, pendant des années. Souvent, quand je lui annonçais joyeusement : « Je viens de comprendre comment faire ceci », ou : « Je viens de saisir ce que tu voulais dire en m'expliquant cela », Jean-Claude éclatait de rire : « Je te l'ai dit mille fois ! » C'était vrai. La plupart du temps, il faut qu'on vous ait répété un nombre incalculable de fois certaines indications pour qu'elles trouvent une traduction corporelle. Car en plus de l'étonnante quantité de points du corps à maîtriser, la nature physique de cette forme d'intelligence accroît la difficulté : il ne suffit pas que l'intellect comprenne, le corps le doit aussi.

Jean-Claude aime passionnément expliquer le tango. Il voulait, généreuse ambition, que je devienne une danseuse, et il m'a dit (pour me faire plaisir ?) qu'il m'avait, contre son habitude, proposé ses cours parce qu'il avait perçu en moi quelques dispositions. C'est pourquoi, pour une heure de cours, il ne m'a jamais fait payer beaucoup plus que ce qu'il demande pour la seule location de la salle : j'estime qu'il m'a enseigné le tango gratuitement, me faisant payer juste de quoi ne pas m'embarrasser de reconnaissance. Mais, reconnaissante, je le suis pour toujours. Du reste, je crois qu'il agit ainsi avec tous ses élèves : il veut *donner* le tango.

Il est probable que je prendrai des cours encore longtemps : j'aime apprendre, j'ai envie de me perfectionner encore et toujours. Quelle joie quand je comprends soudain vraiment comment améliorer le pivot, le pas de côté, le tour... Le tango ne requiert pas de dispositions physiques exceptionnelles — c'est d'ailleurs un de ses charmes, on peut pratiquer une danse si sophistiquée sans avoir vingt ans de danse classique derrière soi. C'est pourquoi, comme me le disait avec des étoiles dans les yeux Brina, romancière et excellente tanguera, il est une des rares activités humaines dans lesquelles on peut progresser jusqu'à la fin de la vie.

Le tango de Borges

Né dans un pays neuf (l'indépendance de l'Argentine fut conquise en 1816) peuplé de *criollos* (les descendants des premiers Espagnols), d'anciens esclaves africains et d'immigrés européens plus récents, le tango résulte de ce métissage. Divers récits sur son origine circulent dans les milongas : toute pratique magique génère ses mythes — et ses écrivains. À la corrida ou à la Formule 1 sont attachés des noms d'auteurs. Au tango, celui de Jorge Luis Borges. Le grand Porteño est né en 1899, soit presque en même temps que cette danse dont lui-même situe la création entre 1880 et 1890.

Très tôt, Borges écrivit *Evaristo Carriego* (1930, augmenté au fil des rééditions). Carriego, qui vivait près de chez lui à Buenos Aires, dans le quartier de Palermo, fut l'auteur d'un petit recueil de poèmes sentimentaux, avant de mourir en 1912 à vingt-neuf ans, tuberculeux et quasi oublié de tous. Dans ce texte consacré à un poète inconnu et mineur, sorte de provocation adressée à ses pairs, Borges se livre au plaisir d'évoquer le tango en mêlant fiction et réalité historique, et en construisant le personnage d'Evaristo comme une sorte d'alter ego. Plus tard, en 1965, il reviendra au tango en donnant quatre conférences, à Buenos Aires, devant un groupe d'admirateurs et d'amis, qu'un invité enregistrera secrètement. Mais, histoire borgésienne en diable, les bandes, égarées, n'en furent retrouvées qu'au bout de quarante ans et publiées en français en 2018, sous le titre *Le tango*[1]. Riche recueil qui montre à quel point Borges s'est intéressé au tango dont il connaît l'histoire et les histoires.

Le tango des origines, selon Borges, prend son essor dans la vie des bas quartiers de Buenos Aires, où règnent les *compadritos*, voyous versés dans l'art du couteau et de la danse. Ce tango premier est une affaire d'hommes, où le poignard et la provocation gratuite destinée à prouver son courage jouent un rôle central* : il exprime « la conviction que le combat peut être une fête[2] », tout en « donn[ant] aux Argentins la certitude d'avoir été valeureux, d'avoir satisfait une fois pour toutes aux exigences du courage et de l'honneur[3] ».

Si Borges se plaît à en souligner le caractère « bagarreur », il ne nie pas « le caractère sexuel du tango »[4] et il affirme que « les gens du tango[5] » se

* Borges écrivit d'ailleurs une nouvelle, « L'homme au coin du mur rose », qui, de son propre aveu, met en scène « deux thèmes entrelacés. D'abord ce personnage invisible et complexe du tango » et « celui de la provocation désintéressée » (*Le tango. Quatre conférences*, trad. de l'espagnol (Argentine) par Silvia Baron Supervielle, Gallimard, « Arcades », 2018, p. 108). La nouvelle a été publiée dans *Histoire de l'infamie*.

sont toujours accordés sur le fait qu'il « était né dans les lupanars[6] ». Idée qu'il renforce en mentionnant la formule de Lugones*, compatriote qui qualifie le tango de « reptile de lupanar[7] ». La dimension reptilienne apparaît d'ailleurs dans un poème cité par Borges, qui suggère à la fois l'effet visuel de cette musique et la nature érotique de la danse :

Lorsque le rythme de ce tango marqua un temps d'arrêt
comme des serpents animés par un vent de passion,
ils s'unirent et furent les lianes d'une étrange plante
grimpante
fleurie entre la pluie des propos du salon[8].

Que le tango soit apparu dans les maisons closes, Borges pense en donner la preuve par les instruments : s'il avait été d'emblée et seulement une danse de rue, on y aurait entendu « l'instrument populaire par excellence : la guitare ». Or la guitare, affirme-t-il, n'arrivera dans le tango que plus tard et les paroles des premières chansons évoquent seulement piano, flûte et violon, instruments « qui ne sont pas populaires et ne sont pas accessibles aux moyens financiers du *compadrito* »[9]. Quand « il [est] dansé au coin des rues », c'est par des couples d'hommes, « les femmes du peuple ne voul[ant] pas se commettre dans cette danse de filles perdues »[10].

Borges évoque aussi un deuxième type de

* Leopoldo Lugones, écrivain et homme politique argentin (1874-1938), qui n'appréciait guère le tango.

personnage, « le fils de bonne famille voyou, celui qui, avec quelques chefs d'orchestre, contribu[a] le plus à la diffusion internationale du tango[11] ». C'est ainsi qu'à partir de 1907 une heureuse évolution fit résonner le nom de l'Argentine dans le vaste monde, ce qui causa une émotion générale : « Le tango se dansait à Paris, et plus tard à Londres, à Rome, à Vienne, à Berlin et même à Saint-Pétersbourg [...]. Ce tango n'était pas, bien sûr, celui des maisons closes de Buenos Aires ou de Montevideo [...]. [Il] se renouvela et perdit les *cortes*, les ornements primitifs (on parlait de *cortes* et aussi d'ornements) et se transforma en une sorte de promenade voluptueuse[12]. » Arrive aussi « un instrument nouveau qui à présent semble inséparable du tango, le bandonéon[13] ». Diffusion internationale et introduction du bandonéon expliquent, selon Borges, que la milonga « valeureuse et joyeuse[14] » des débuts ait commencé à « s'attrist[er][15] », pour laisser place à cette fameuse « pensée triste qui se danse[16] », cette « danse lente, mélancolique et voluptueuse[17] » que décrivent les premières chroniques européennes. Dès 1933, le *Larousse du XXe siècle* confirmait cette évolution : « Cette danse revint en Europe vers 1912, où elle se dépouilla, au moins en partie, de sa mimique inconvenante, pour devenir une sorte d'ondulation compliquée, avec marche cadencée, à deux temps, et chassée sur le côté. » C'est à Paris que se développa la tangomania qui allait se répandre dans toute l'Europe.

Borges, qui a lui-même écrit plusieurs poèmes de tango, s'est bien sûr intéressé aux paroles des chansons, cet immense « corpus *poeticum* » d'origine populaire, provenant « de centaines et de milliers de plumes différentes ». « Au début, le tango n'avait pas de paroles, ou bien elles étaient obscènes et accidentelles. Certains tangos étaient d'un style agreste (*Je suis la fidèle compagne du noble gaucho portègne*) [...]. D'autres [...] furent d'allègres et provocantes fanfaronnades (*Pour le tango je suis si fortiche / que quand je fais un double chaloupé / on en parle dans le quartier Nord / si je suis dans le quartier Sud*). » Puis les paroles évoluent vers un naturalisme social : « Toute l'agitation de la ville entra peu à peu dans le tango ; le lupanar et le faubourg ne furent plus les seuls thèmes abordés. »[18] Mais bien sûr, dès l'origine, la solitude et l'amour dans toutes ses variantes furent des thèmes d'élection.

Carlos Gardel joua un rôle capital puisqu'il inaugura — voix de velours, trémolos caressants, sanglots dans la gorge — un nouveau type de chanson, le *tango canción* qui raconte des histoires, interroge le cœur et met en scène des sentiments et des pensées plus subtils que le tango rustique des origines. Il fournira le modèle des tangos ultérieurs qui expriment la plainte, les déboires du destin, le mal de vivre, le temps qui passe — et aussi un certain humour. Comme je ne parle pas espagnol, je regrette de ne presque rien saisir du sens des paroles qui résonnent dans le bal. Quand je les lis dans des recueils[19], une partie en est belle et envoûtante, une autre ressemble sans doute à ceux des poèmes de Carriego que Borges n'aimait pas et qui, dit-il, « ne relèvent pas de la littérature mais du délit. Ils constituent un véritable chantage sentimental »[20]. Mais n'est-ce pas le lot de la chanson en général ?

Notation intéressante : Borges remarque que « dans le tango on parle du tango, on discute avec le tango[21] ». Qui s'en étonnera ? Le tango n'est pas qu'une danse, il représente un phénomène complexe, une sociabilité riche, un type de relation dense — méritant d'être interpellé.

Borges invente sans doute un peu*. Son Carriego finit par devenir aussi irréel que Pierre Ménard, auteur du *Quichotte*[22], et les faubourgs de Buenos Aires prennent chez lui des teintes fantastiques. Mais l'Histoire, selon l'Argentin, n'est pas véridique puisqu'elle s'écrit à partir des oublis et des distorsions des faits transmis par les générations successives. Alors pourquoi ne pas en proposer sa propre version ? D'où ce récit mythologique d'un tango des *compadritos* né dans les quartiers pauvres, avec rixes au couteau et mauvais garçons, monde que Borges vit sombrer avec nostalgie. Mais, sans doute, tout n'est-il pas entièrement faux non plus : le tango a une histoire si incertaine. D'aucuns prétendent qu'il aurait été inventé à Montevideo (il est de toute façon issu de la culture du Río de la Plata), et il n'est pas jusqu'à l'étymologie même du mot qui ne

* À propos d'origine : j'ai rencontré Carmen Aguiar, Uruguayenne et danseuse historique qui a enseigné le tango à Paris aux Trottoirs de Buenos Aires, dans les années 1980, et elle m'a affirmé que Borges avait eu le tort d'omettre l'importance des anciens esclaves africains dans l'invention du tango. Voilà qui est rectifié.

soit controversée. Comme pour tout art populaire qui s'invente et prospère d'abord dans les zones périphériques, les versions de son histoire sont multiples.

Que reste-t-il, au XXIe siècle, de cette naissance semi-mythique ? Borges fit bien du tango une danse de la relation, mais relation de force, de mâles éprouvant leur courage, aussi bien en se faisant taillader les joues au poignard qu'en réalisant des figures audacieuses. Le tango que nous dansons en Europe en est fort éloigné, comme il l'est de celui que Borges observa sur les trottoirs de Buenos Aires, ou qu'il rêva à l'abri de sa bibliothèque... De cette origine demeurent les mots puisque, comme pour se donner un vernis d'authenticité et de technicité, la plupart des danseurs utilisent toujours les termes argentins pour désigner les figures, et parfois même les parties du corps (*el pecho*, la poitrine). Toutes les sociétés secrètes n'utilisent-elles pas un jargon qui permet aux membres de se reconnaître ? Persistent surtout une répartition sexuée des rôles et un souci d'élégance canaille qui est peut-être un lointain héritage des *compadritos* — Borges décrit à plusieurs reprises la veste croisée, le couvre-chef au bord retroussé, le pantalon à franges et les talons hauts —, élégance dont résulte aujourd'hui la sophistication vestimentaire des... tangueras, souvent surhabillées*. Dans le bal, la plupart

* Je ne vais pas me lancer dans une diatribe contre les talons hauts, mais quand même : une femme sur deux, lorsqu'elle ôte ses chaussures de tango, pousse un douloureux soupir de soulagement. Évidemment, danser des heures sur des

des danseurs désapprouvent ceux et celles qui ne soignent pas assez leur tenue. Mais en fait de mauvais garçons, toutes sortes de bonnes personnes pratiquent aujourd'hui le tango et la milonga a le mérite d'être le lieu d'une étonnante mixité sociale. Ce ne sont ni l'argent ni l'intelligence qui assurent le prestige sur la piste, mais uniquement la maîtrise de la danse. Ainsi peut-on ardemment désirer danser avec quelqu'un dont la conversation nous ennuierait au bout de deux minutes.

Ce que n'avait pas imaginé Borges : sans nostalgie pour les pratiques archaïques des machos, nos façons de danser, laissant peu de place à la démonstration spectaculaire, valorisent surtout la connexion entre les partenaires. La transformation de l'apprentissage, qui met à présent l'accent sur la technique féminine[23], témoigne d'un changement de mentalité : car apprendre équivaut toujours à s'ouvrir un espace de liberté. Au lieu des belles et dociles endormies qu'évoquait Borges, ce sont des femmes en général plus actives, subtiles et joueuses qui occupent la piste de danse.

---

talons aiguilles n'est pas très humain. Par contre, je n'ai jamais vu un homme avoir l'air soulagé de quitter ses chaussures de danse. Je pense souvent aux petits pieds des Chinoises : ce qu'on endure pour être sexy, hein ?

L'hospitalité
(Cortina 4)

Voici venue la dernière *cortina,* puis nous quitterons cette milonga. Une ultime fois, je voudrais faire l'éloge de l'embrassement, rappeler qu'il représente la plus belle manière d'être reliés, et qu'il ne saurait s'arrêter au tango. Toi, mon proche lointain, je t'accueille entre mes bras.

J'ai repensé récemment au fait que *L'Odyssée,* l'un des deux poèmes fondateurs de notre civilisation, était l'histoire d'un retour au pays natal. Il raconte la volonté, et le délai qui lui est opposé, de revenir à ses pénates. Après *L'Iliade,* épopée qui était consacrée aux aventures, *L'Odyssée* ne chante pas « un nomadisme en flèche[1] » (Édouard Glissant), le dessein d'aller de l'avant, de trouver ou conquérir du nouveau, mais un désir de retrouvailles avec la bienheureuse sédentarité. Je n'ai, bien entendu, pas la moindre admiration pour l'expansionnisme conquérant, mais quand même : que notre grand poème déploie ce souhait si simple, vouloir rentrer chez soi, retrouver Ithaque, Pénélope, le vieux chien, la vie tranquille…

J'ai aussi pris conscience, en songeant aux

migrants, que par une sorte de boucle qui nous ramène aux sources de la civilisation, l'hospitalité n'était plus une question réservée aux seuls philosophes, comme Derrida ou Levinas, mais qu'elle était redevenue une question concrète et centrale. Fatalement.

Par douze fois, durant son périple, Ulysse doit avoir recours à la générosité d'hôtes divers, si bien qu'on a pu dire de *L'Odyssée* qu'il était le livre fondateur de l'hospitalité occidentale. À chaque escale Ulysse s'inquiète de savoir s'il va rencontrer de bons hôtes : « Hélas ! en quelle terre encore ai-je échoué ? / Vais-je trouver des brutes, des sauvages sans justice / ou des hommes hospitaliers, craignant les dieux[2] ? » Car l'autre représente souvent une menace : menaçant celui qui arrive (avec quelles intentions ?), mais menaçant aussi celui qui reçoit (et s'il retenait l'invité prisonnier ? *otage* est dérivé d'*hôte*). L'hôte, comme la nymphe Calypso qui retient Ulysse sept ans dans son embrassement, peut aussi abuser de sa position. Mais s'il est un bon hôte, alors Ulysse trouvera repos, bain, nourriture et paroles partagées, avant de repartir, avec des provisions pour son voyage.

Ulysse craint les *brutes, les sauvages sans justice* : ceux qui, dénués d'humanité, ne mettent pas en pratique ce geste de haute civilisation, l'hospitalité. Encore ne compte-t-il s'installer nulle part sur son chemin, n'ayant désir que d'Ithaque. Mais aujourd'hui que la terre est devenue petite, tout territoire connu, tout port accessible, chacun sait que certains lieux sont plus confortables que d'autres — parce qu'il n'y règne pas la guerre, qu'on n'y torture pas et qu'on y vit, à peu près, ainsi que le porte en son cœur la Déclaration universelle des droits de l'homme, « à l'abri du besoin et de la peur ». Ainsi ces nouveaux voyageurs qu'on nomme les migrants viennent-ils par n'importe quel moyen demander l'hospitalité. Et nous voilà devant eux qui sont blessés, abîmés, courageux, mal informés, désespérés et cependant obstinés — nous devant eux, sommés de réagir. Je me rappelle un soir où j'ai voulu, pour rencontrer des bénévoles, accompagner leur « maraude » (lorsqu'ils apportent des vêtements et de la nourriture aux campements de migrants). Je souhaitais leur parler parce qu'ils n'étaient justement pas des « brutes », entendre ce qu'ils disaient de la situation, comprendre comment ils envisageaient l'accueil. Ce soir-là, premier de la saison, il s'est mis à neiger. D'habitude ces flocons sur les toits de Paris m'enchantent. Mais en me dirigeant vers le rendez-vous, j'avais surtout conscience qu'ils tombaient sur des tentes légères. Est-ce qu'on peut, sans rien faire, laisser des tentes sous la neige ?

Les bénévoles ne m'ont rien dit de particulier : ils ne cherchent pas (pas forcément) à répondre intellectuellement à la question de savoir si l'on doit accepter un état de fait (la présence des migrants) qui pourrait avoir des conséquences complexes (dont l'arrivée de nouveaux migrants ou la remise en question de notre système de valeurs, de notre conception de la République ou de la laïcité). Ils estiment simplement qu'il est impossible de ne pas agir devant des hommes réfugiés dans des abris de toile sous la neige, et ils répondent par des gestes concrets à la réelle présence de ceux qui sont en proie à la détresse, à l'effroi, à la faim et à l'espoir. On peut peut-être qualifier leur comportement de *réflexe* moral. L'héroïsme n'est-il pas le fruit de tels réflexes ? Si les héros calculaient, réfléchissaient et prévoyaient, agiraient-ils ? Ceux-là en tout cas, bénévoles des maraudes, vont chaque soir, modestement, apporter un peu de confort aux migrants parce qu'ils savent, sentent, qu'ils sont en relation avec eux, et parce qu'un être humain digne de ce nom est ainsi fait que devant la réelle présence de la souffrance, il agit.

Les « brutes » de *L'Odyssée*, transposées dans les termes du XVIIIe siècle, sont ceux qui vivent dans l'état de nature, c'est-à-dire de guerre générale, avant tout contrat social. Dans *Vers la paix perpétuelle* (1795), Kant évoque le « droit de visite ». À son époque on ne migre pas mais au contraire c'est l'Europe qui entreprend de coloniser le monde. L'idée de droit de visite s'oppose donc à celle de l'appropriation des sols et des biens. Le philosophe écrit : « Ce droit, dû à tous les hommes, est celui de se proposer à la société, en vertu du droit de la commune possession de la surface de la terre, sur laquelle, puisqu'elle est sphérique, ils ne peuvent se disperser à l'infini, mais doivent finalement se supporter les uns à côté des autres et dont personne à l'origine n'a plus qu'un autre le droit d'occuper tel endroit[3]. »

Le droit d'occuper tel endroit. Depuis Kant, et surtout depuis « l'origine » qu'il évoque, nous avons bâti des nations et des sociétés, et ce n'est pas tant l'endroit, le sol, dont nous nous sentons propriétaires exclusifs, que les droits et les devoirs, les valeurs et les principes qui y sont attachés. Du fait de cette construction historique, nous sommes très éloignés de croire, comme Kant, à la « commune possession de la surface de la terre ». Nous avons partout créé des États, avec leurs lois et leurs usages, et nous sommes attachés, si ce n'est à la propriété du sol, à ces lois et ces usages qui font de nous une nation (une Europe). Avec quelle intention les migrants viennent-ils ? S'accoutumer à nos valeurs et nos coutumes, ou maintenir les leurs ? Ce n'est pas juste affaire de rivalité des modes de vie. Il existe nombre de principes auxquels nous tenons farouchement — égalité des sexes, démocratie, laïcité, libertés diverses — et que nous ne voulons en aucun cas voir se dissoudre dans des juxtapositions de communautés aux valeurs antagonistes.

Si l'hospitalité est le mouvement premier de la civilisation, elle ne peut toutefois suffire à élaborer le droit. Celui-ci vient après et, tout en tenant compte du devoir d'hospitalité, il doit cependant être fondé. Or il faut prendre au sérieux un problème qu'avait déjà soulevé Hannah Arendt et qui crée une contradiction que nous n'avons pas résolue. Dans *L'Impérialisme*, deuxième partie des *Origines du totalitarisme* (1951), elle notait que, depuis la fin du XVIIIe siècle, « les mêmes droits fondamentaux étaient en même temps proclamés comme l'héritage inaliénable de tous les êtres humains *et* comme l'héritage particulier de nations spécifiques ». « Dès lors, les droits de l'homme ne furent plus protégés et consolidés qu'en tant que droits nationaux. »[4] La traduction dans les lois des droits humains (assurant leur effectivité) s'est faite dans le cadre de l'État-nation, seule communauté politique concevable pour nous. Ainsi, en pleine contradiction avec l'idéal universaliste de la philosophie cosmopolite du siècle des Lumières, les droits de l'homme n'acquièrent de réalité qu'à travers ceux du citoyen national... Surgissent alors une « jungle » à Calais, l'abri d'un pont à la Villette, des tentes sur les quais du canal Saint-Martin, des gymnases ici et là... et qu'en est-il pour ceux-là des droits humains ? Tant pis pour la fraternité ?

Cette contradiction entre *l'idée* et son *application* est sans doute cause que l'universalisme est souvent contesté en tant qu'il ne serait qu'un « point de vue occidental », sans contenu valable pour tous. Comme si la liberté, l'égalité et la fraternité n'étaient pas désirables pour tout humain. (Je ne parle pas ici des États tyranniques qui, ayant peur de la liberté, développent une rhétorique identitaire opportuniste.) Je ne saurais régler cette question brûlante, mais elle illustre exactement notre problème avec les migrants : un universalisme qui ne vaudrait que pour les seuls citoyens des États occidentaux. D'où la fureur identitaire qui conteste l'idée de l'universalisme, alors que le problème tient à son application.

Nous sommes donc, naturellement, désemparés devant ce que nous devons appeler, sensibles aux résonances des mots, non pas le *problème* mais le *défi* migratoire. Question que je sais, à mon échelle, insoluble. Mais voilà, les migrants sont devant nous, ils sont là ou ils viendront, parce qu'aucune frontière ne peut être étanche. Il suffit de les regarder, de les *envisager*, pour comprendre que nous sommes en relation avec eux, et que nous devons donc leur répondre quelque chose.

On me pardonnera d'avoir régulièrement fait ce grand écart en évoquant, en face de l'une des plus joyeuses manières d'être en relation, le tango, la plus cruelle, celle que suscite l'homme exilé et errant qui se présente sous nos yeux. Même si nous estimons qu'une personne a eu tort en prenant le risque d'escalader une falaise, sommes-nous libérés du devoir de l'aider, quand elle tombe devant nous ? J'embrasse qui j'aime, mais ne dois-je pas aussi prendre dans mes bras celui qui se tient, démuni et affaibli, devant moi ?

Danser sa mort

Un rêve. Je me rends dans une milonga organisée par un bon danseur, un certain Allan (je m'étonne de son nom étranger, Allan, avec deux L — ailé ?). Il m'invite à danser, ce que j'accepte avec joie et fierté. Je chausse donc… mes patins à glace. Et nous dansons. Dans la salle, puis en montant des escaliers (le rêve, qui sait bien que quelque chose cloche, montre en gros plan les marches en ciment abrasif), puis nous continuons à l'étage, dans une chambre. Ce n'est pas tant le rêve, avec son érotisme de la glisse, qui m'a frappée, que mon sentiment au réveil. Étaient encore très présentes et vives à mon souvenir les sensations qui avaient accompagné la séquence et je n'en revenais pas : dans la réalité on danse avec des *chaussures*, vraiment ? on peut glisser comme ça avec des *chaussures* ? — car quand on marche bien au tango, on glisse, or le plaisir éprouvé dans le rêve était vraiment celui du tango. Mon incrédulité a mis longtemps à se dissiper, il a fallu me refamiliariser avec cette idée que le tango est une marche, et non une glisse, avec des chaussures et non des patins.

Et pourtant on glisse. Non comme le mélancolique Surfeur d'argent, exilé et loin de tout ce qui lui est cher, mais comme dans l'amour, lorsque l'étreinte est si forte qu'elle devient danse. On glisse à deux, dans la joie de l'embrassement. De la relation.

Le bonheur de danser, comme celui d'aimer, quand il est pleinement ressenti, est le bonheur d'un temps qui se déploie enfin dans son épaisseur et dans sa puissance, ici et maintenant, au présent. Le tango, comme l'amour-désir, est moment d'intensification de la joie de vivre, sentiment accru de l'existence, sortie du soi borné. Certains soirs de grâce, une *tanda* est si parfaite et procure un tel sentiment de plénitude qu'elle suffit à combler à elle seule toute notre envie de danser : sans vraiment se le dire, on était venu chercher cet accomplissement — cette sorte de *duende* à deux, au-delà de la technique, de l'intention, de la volonté — et l'on pourrait s'arrêter là et rentrer chez soi. Alors on se prend à désirer que notre existence lui ressemble, si intense qu'à l'heure de mourir on la quittera sans regret, en se disant que le bal valait le détour.

Danser, comme un défi lancé à la mort. Sans nous le dire clairement, nous n'ignorons pas que la *tanda* et le désir connaissent la même temporalité que la vie humaine : comme elle, ils sont un bel éclat voué à la finitude. Ils nous font traverser, plusieurs fois et en un temps court, l'expérience de ce qui est sans prix et pourtant s'achève et s'évanouit — l'existence. Dans chaque *tanda* s'épanouit toute la puissance du désir qui sait qu'il n'y a pas de seconde chance : tout de suite, vivre et danser, du mieux qu'il est possible, aucun instant ne se renouvellera — *anda* ! tu dois donner le meilleur et le plus intense, réaliser trois minutes de grâce. C'est pourquoi, comme l'existence, le désir et la danse portent aussi en eux une secrète mélancolie, celle qui s'attache à notre condition mortelle.

Sources

EXERGUE

Friedrich Nietzsche, *Le cas Wagner*, traduction de l'allemand par Jean-Claude Hémery, Gallimard, « Folio essais », 1991, p. 21.

PRÉLUDE

1. Jorge Luis Borges, *Evaristo Carriego*, in *Œuvres romanesques complètes*, tome I, traduction de l'espagnol (Argentine) par Françoise Rosset et Jean Pierre Bernès, Gallimard, « Bibliothèque de la Pléiade », 2010, p. 173.

DANSER SA VIE

1. F. Nietzsche, *Crépuscule des idoles*, traduction de l'allemand par Jean-Claude Hémery, Gallimard, « Folio essais », 1988, p. 57.

LE *SYMBOLON*

1. Paul Ricœur, *Temps et récit*, tome III, « Le temps raconté », Seuil, « Points », 1991, p. 439.
2. Victor Hugo, *Les Misérables*, tome I, Gallimard, « Folio classique », 1999, p. 123 à 125.
3. *Ibid.*, p. 162.
4. *Ibid.*, p. 170.

LA RÉELLE PRÉSENCE (*CORTINA 1*)

1. Georg Wilhelm Friedrich Hegel, *Qui pense abstrait ?*, traduction de l'allemand par Ari Simhon, Hermann, « Philosophie », 2007, p. 15.

L'ACCORDANSE

1. Marcel Proust, *Le Temps retrouvé*, Gallimard, « Folio classique », 1990, p. 223.
2. Cité par Josyane Savigneau : « L'écrivain américain Philip Roth est mort à l'âge de 85 ans », *Le Monde*, 23 mai 2018.

DES POLYGAMES LENTS

1. René Char, *Feuillets d'Hypnos*, in *Fureur et mystère*, Gallimard, « *Poésie*/Gallimard », 1967, p. 122.
2. J. L. Borges, *Evaristo Carriego*, *op. cit.*, p. 159.
3. Voir mon *Nouveau nom de l'amour* (Stock, 2020), réflexion sur l'histoire du couple et sur les formes de l'amour aujourd'hui.
4. Voir J. L. Borges, *Le tango. Quatre conférences*, traduction de l'espagnol (Argentine) par Silvia Baron Supervielle, Gallimard, « Arcades », 2018, p. 65.

LES GENRES

1. Voir Christophe Apprill, *Les audaces du tango. Petites variations sur la danse et la sensualité*, Transboréal, « Petite philosophie du voyage », 2012, p. 52. (Affirmation incertaine.)

ÉROS DANSANT

1. F. Nietzsche, *Ainsi parlait Zarathoustra*, traduction de l'allemand par Henri Albert, Mercure de France, 1898, p. 50.
2. Voir par exemple la préface au volume *Histoire naturelle* de Buffon, édition de Jean Varloot, Gallimard, « Folio classique », 1984, p. 27.
3. Henri Michaux, « Danse », in *Œuvres complètes*, tome I, Gallimard, « Bibliothèque de la Pléiade », 1998, p. 697.

UNE INTIMITÉ

1. Jean Giono, *Regain*, in *Œuvres romanesques complètes*, tome I, Gallimard, « Bibliothèque de la Pléiade », 1971, p. 429.

LES AUTRES EN MOI (*CORTINA 3*)

1. Dante Alighieri, *La Comédie*, traduction de l'italien par Jean-Charles Vegliante, Gallimard, « *Poésie*/Gallimard », 2012, p. 71.

PRÉDOMINANCE DE LA JOIE

1. J. L. Borges, *Evaristo Carriego*, *op. cit.*, p. 164.
2. J. L. Borges, *Le tango. Quatre conférences*, *op. cit.*, p. 76.

LE TANGO DE BORGES

1. J. L. Borges, *Le tango. Quatre conférences*, *op. cit.*
2. J. L. Borges, *Evaristo Carriego*, *op. cit.*, p. 159.
3. *Ibid.*, p. 161.
4. *Ibid.*, p. 159.
5. J. L. Borges, *Le tango. Quatre conférences*, *op. cit.*, p. 14.
6. J. L. Borges, *Evaristo Carriego*, *op. cit.*, p. 158.
7. J. L. Borges, *Le tango. Quatre conférences*, *op. cit.*, p. 35-36.
8. *Ibid.*, p. 29.
9. *Ibid.*, p. 31.
10. J. L. Borges, *Evaristo Carriego*, *op. cit.*, p. 158.
11. J. L. Borges, *Le tango. Quatre conférences*, *op. cit.*, p. 35.
12. *Ibid.*, p. 64.
13. *Ibid.*, p. 65.
14. *Ibid.*
15. *Ibid.*, p. 72.
16. *Ibid.*, p. 65.
17. *Ibid.*, p. 72.
18. J. L. Borges, *Evaristo Carriego*, *op. cit.*, p. 162-163.
19. Par exemple *Les Poètes du Tango*, édition d'Henri

Deluy et Saúl Yurkievich, Gallimard, « *Poésie*/Gallimard », 2006. Peu après l'irruption fracassante du tango argentin sur la scène du théâtre du Châtelet en 1983, qui devait en relancer la mode à Paris, la revue *Action poétique* réalisa dès 1985 un numéro consacré au tango.

20. J. L. Borges, *Evaristo Carriego*, *op. cit.*, p. 138.

21. J. L. Borges, *Le tango*, *op. cit.*, p. 97.

22. J. L. Borges, « Pierre Ménard, auteur du *Quichotte* », in *Fictions*, traduction de l'espagnol (Argentine) par Roger Caillois, Nestor Ibarra et Paul Verdevoye, révisée par Jean Pierre Bernès, Gallimard, « Folio », 2018, p. 39.

23. Voir C. Apprill, *Les audaces du tango. Petites variations sur la danse et la sensualité*, *op. cit.*, p. 54. Pour des précisions sur l'histoire du tango, on consultera avec profit le *Dictionnaire passionné du tango*, sous la direction de Gwen-Haël Denigot, Jean-Louis Mingalon et Emmanuelle Honorin, Seuil, 2015.

L'HOSPITALITÉ (*CORTINA 4*)

1. Édouard Glissant, *Poétique de la Relation. Poétique III*, Gallimard, « Blanche », 1990, p. 24.

2. Homère, *L'Odyssée*, XIII — 200-202, traduction du grec ancien par Philippe Jaccottet, La Découverte, « La Découverte / Poche », 2017, p. 238-239.

3. Emmanuel Kant, *Vers la paix perpétuelle*, traduction de l'allemand par Jean-François Poirier et Françoise Proust, Flammarion, « GF », 2006, p. 94.

4. Hannah Arendt, *Les origines du totalitarisme. L'Impérialisme*, traduction de l'allemand par Martine Leiris, Gallimard, « Quarto », 2002, p. 512.

Lexique de quelques termes employés dans ce *Petit éloge* (si vous avez un doute chemin faisant)

Abrazo : La manière de se *prendre dans les bras* est l'alpha et l'oméga du tango. Connexion très intime, qui permet d'improviser et de guider, elle est ce qui rend cette danse bouleversante et... addictive. Il existe l'*abrazo* fermé (bustes collés) et l'*abrazo* ouvert (un peu à distance, surtout dans le *tango nuevo*), mais en réalité on change plusieurs fois d'*abrazo* au cours de la danse, en fonction des figures exécutées.

Boleo (ou *Voleo*) : Quand celui qui guide change soudain de direction, la jambe libre de la femme bat l'air en avant ou en arrière, comme un claquement de fouet. Figure féminine par excellence, le *boleo* est très jouissif car on sent son corps libre jusqu'au bout du pied.

Cabeceo : De *cabeza*, tête. Après que, de loin, les deux danseurs se sont regardés fixement (*mirada*), ils hochent la tête pour signifier l'acquiescement. Ils se dirigent alors l'un et l'autre vers la piste où ils s'enlacent. Évite les rebuffades douloureuses (« Mademoiselle, vous dansez ? — Non, merci. » Aïe).

Chamuyar : Verbe qui signifie baratiner, séduire. Les *chamuyos*, dans le bal, se susurrent entre deux tangos.

Cortina : Signifie rideau. Intermède musical qui n'est pas du tango, destiné à passer d'une *tanda* à une autre.

Milonga : Un seul terme décrit deux choses distinctes et également importantes.

1. C'est d'abord le nom qu'on donne au bal de tango et au lieu lui-même. « Tu vas à quelles milongas ? » Salle qui exige un parquet bien lisse (un peu de talc est souvent à disposition), ou un carrelage particulièrement glissant, et souvent avec un réduit où l'on peut se changer. Je ne l'ai pas dit mais, dans les milongas sympathiques, on offre à boire (sans alcool) et, si l'organisateur est généreux, des bricoles à grignoter. Depuis l'année 2009, on note qu'il existe des « millégales » : mot-valise qui désigne une milonga illégale — à Paris sur les quais de la Seine, sur la place de l'Opéra...

2. Mais la milonga est aussi l'un des trois rythmes de la musique et de la danse. Très rapide, à deux temps (2/4 ou 4/8), sautillant, syncopé, allègre ! Les messieurs y suent beaucoup.

Mirada : Voir *cabeceo*. De *mirar*, regarder. Et c'est tout le problème : tous les myopes savent que pire que la rebuffade est le malentendu : il m'a regardée, je hoche la tête et... ma voisine tout sourire se lève et va vers lui — zut ! c'est elle qu'il regardait.

Ocho : Celui-ci a une traduction française souvent utilisée (allez savoir pourquoi) : huit. Base du tango : quand les pieds dessinent un 8 sur le sol, ils peuvent exécuter toutes sortes de figures qui interrompent la marche.

Planeo : Glissement sur le sol de la jambe libre tendue exécutant un cercle.

Tanda : Série. Depuis les années 1980, le bal est organisé en séries de trois à cinq tangos qui doivent avoir une cohérence (même orchestre, même rythme ou même couleur). On ne quitte pas son partenaire, on ne parle pas pendant la musique, mais quand arrive la *cortina* les danseurs se séparent et en choisissent d'autres. J'ai déjà dit tout le bien que je pensais de ce rituel. Voir ma notion de « polygamie lente ».

Tanguero (-a) : celui ou celle qui est amateur (passionné) de tango, qu'il le danse ou pas. En Argentine on distingue nettement le *milonguero*, qui danse, du *tanguero*, qui aime sans forcément danser.

Composition Nord Compo
Impression Novoprint
à Barcelone, le 31 août 2021
Dépôt légal : août 2021

ISBN : 978-2-07-288594-5. / Imprimé en Espagne.

363419